Illustration©Morozohu

「あ……愛し合うのは、やっぱり、寝室のベッドで……あん、やぁ、ああっ！」

Tiara Label

ティアラ文庫

絶倫王子と婚約者

ロイヤル・ベイビー大作戦

御堂志生

presented by Shiki Mido

プランタン出版

目次

※本作品の内容はすべてフィクションです。

第一章　ドロワーズは恋の予感

　窓の外はすでに薄闇《うすやみ》に包まれていた。バルコニーに出ると心地よい風が吹いている。風が運んでくる甘く上品な香りは、王宮の庭に咲くオールドローズに違いない。

　王宮の大広間《ホール》では今も夜会が行われているはずだ。だが、こんな奥までは王宮楽団《おうきゅうがくだん》の演奏は聞こえてこなかった。

　彼女は案内されるまま王宮の奥まで進み、階段を三階分上がったつもりでいた。だがバルコニーに立ち、目を凝《こ》らして窓の数を数えると、この部屋は四階になるようだ。しかも、隣のバルコニーまでは距離があり過ぎて、とても女性が飛び移れるものではない。

　絶望的になった彼女の目に飛び込んできたのは、すぐ下の階のバルコニー。

　この部屋のバルコニーより少し広く感じる。よくよく見ると、王宮のバルコニーは上の階に行くほど少しずつ小さくなっているようだ。

（これなら……なんとかなるかもしれないわ）

子供のころは公爵邸《こうしやく》の庭の木に登り、乳母《ナニー》たちを驚かせたものである。もちろん、ここ十年ほど木登りはしていないが、一階分を飛び下りるくらいなら、やってやれないことはない……と思う。

彼女は藍《あい》色のドレスの裾《すそ》をたくし上げた。しかし、絹タフタの上質な生地《きじ》はサラサラしていてすぐにストンと落ちてしまう。仕方なく、ウエストの辺りでギュッと縛《しば》る。そのままペチコートを脱ぎ、続けて腰につけたバッスルを外した。

両方ともバルコニーに置いて行こうかとも思ったが、見つけられたらここから移動したことがばれてしまう。彼女は両方を抱えると、躊躇《ためら》うことなく、真下の階のバルコニーに落とした。

（これでもう引き返せないわ。さあ、急がなくては。こんな格好を誰かに見られてしまったら、とんでもないことだもの）

上半身を締めているコルセットも外したいところだが、こればかりはひとりでは無理な話だ。だが、ヒールのある夜会用シューズを履《は》いたままでは下りられないと思い、即座に脱いでペチコートの上に放り投げた。

そして、ドロワーズ姿でバルコニーの手すりを乗り越える。

外側に立つとさすがに膝《ひざ》が震えた。だが、すぐ下のバルコニーのおかげで、地面が目に入らないのがありがたい。四階分の高さを目にしてしまったら、怖さが先に立って動けなくなっただろう。

しっかり手すりを掴《つか》むと膝を曲げてしゃがみ込んだ。そのまま、片足を下の階のバルコニーに伸ばすが……。

(ダメだわ、全然届かない。やはり、飛び下りるしかないのかしら)

いざやるとなれば、一階分とはいえかなりの高さだ。

そのとき、信じられない場所から人の声が聞こえてきた。

「おい！　いったい何をしている」

すぐ下の階の窓が開き、バルコニーに誰か出て来たのだ。

びっくりして立ち上がろうとした瞬間、彼女は軸《じく》にしていたほうの足を滑《すべ》らせた。

「きゃあっ！」

慌てて手すりにしがみつく。

「な……君は、なんて格好で……どうしてこんな」

聞こえてくるのは紛れもなく若い男性の声。

そして今の彼女は、下半身を覆うものがドロワーズ一枚という、無防備この上ない姿だった。しかもドロワーズのクロッチ部分は縫《ぬ》い合わさっていないのだ。

「おい、大丈夫か」

「ダメ！　お願いです。上を向かないで!!」

「え？　あ……いや、だが……それは」

男性は動揺《どうよう》を露《あら》わにして、困りきった声を出している。

だが、どうすることもできないのは彼女も同じだ。落ちついて足をバルコニーの縁にかければよかったのだが、このときは男性に下から見られていると思うだけで頭の中が真っ白になった。

太ももをピタリと合わせたまま、脚を開くことも、ずらすこともできない。結果、手すりにぶら下がったまま、身動きの取れない事態に陥《おちい》る。

すぐに腕がプルプルと震え始めた。このままでは下りるのではなく、落ちてしまう。

「ええい、クソッ！　火急のときだ。受け止めてやるから、手を離せ！」

「で、できません……そんな……どうか、ご覧にならないで」

まさか下の階に人がいるとは思ってもみなかった。理由は簡単で、外が暗くなりかけているのに灯《あか》りが点《とも》っていなかったからだ。

しかも最悪なことに、こんなに若い男性が下の階にいたなんて。

(ドロワーズ姿を、それも下から見られてしまったわ。ああ、どうしましょう。お優しいお母様だってお怒りだわ)

脳裏《のうり》に亡き母の顔が浮かび、彼女の胸は後悔でいっぱいになる。

「申し訳ありません……人がいらっしゃるなんて、思いもしなくて……本当に申し訳」

「謝罪と反省はあとにしてくれ。さっさと手を離すんだ」

「でも……でも……」

「必ず受け止める。私を信じろ。さあ！」

どうすればいいのか、答えが出せない。

その直後、彼女のいた部屋から物音がした。それはちょうど、扉が開いたような音。

（ひょっとして……叔父《おじ》様が入ってきたの？　イヤ……絶対にイヤよ。それに、こんな格好を見られたくない）

彼女は覚悟を決め、クッと息を止めると同時に手を離した。

身体がふわっと宙に浮く。数秒後、全身が下に引っ張られて、すぐにも地面に叩きつけられそうな錯覚《さっかく》に囚《とら》われる。

頭の片隅に死がよぎったとき、背後から胸と腰の辺りを強い力で抱き締められた。

あっという間に彼女の身体をフローラルな香りが包み込む。男性の身体からこれほどまでに甘くて爽《さわ》やかな香りを嗅《か》ぐのは、彼女にとって二度目の経験だった。

（この香りは……これは、まさか……）

彼女の鼓動《こどう》が恐怖とは別の理由で止まりそうになったとき、上のバルコニーから声が聞こえてきた。

「おかしいな。誰かいたような気がしたんだが」

叔父の声だ。

(ああ、神様、どうかお守りくださいさい。叔父様が下を覗き込みませんように)

絹の靴下に包まれた爪先が、そっとバルコニーの床に下ろされる。だが、彼女は抱き留めてくれた男性から離れることができず、彼の腕の中で祈るように手を合わせていた。

すると、彼は何ごとか察してくれたらしい。上のバルコニーから見えない位置に、音を立てずにそっと移動してくれた。

「気のせいか。──殿下、どうやらこの部屋でもないようです」

叔父の声がしだいに遠ざかっていく。

彼女は自分を助けてくれた男性の腕に抱きついたまま、ホッと胸を撫で下ろした。

「さて、レディ・マーリン。我が国で最も格式のあるリンデル公爵家のご令嬢が、王宮のバルコニーから飛び下りようとしていた理由を聞かせてもらえるかな?」

深みのある甘やかなバリトンが耳の奥にスルリと入ってきた。ぶら下がった状態では気づかなかったが、その声にはやはり聞き覚えがある。

マーリンはハッとして助けてくれた男性の顔を見上げた。

庭の瓦斯灯《ガスとう》の光を受け、柔らかなとび色の瞳《ひとみ》が彼女を見下ろしている。この尋常《じんじょう》ならざる状況で、彼は形のよい唇に笑みを浮かべ、ずいぶんと余裕の表情だ。

そして、闇に紛れてしまいそうな黒髪。少し長めの前髪は、手ぐしで整えられただけらしい。乱れた様子が色っぽく思えて、マーリンはどぎまぎした。

(以前お会いしたときは、もう少し短い髪をしておられたような……きちんとセットされていたから、そう感じるのかしら?)

精悍《せいかん》に思えた初対面の印象が少しずつ変わっていく。

今にも彼女のドレスを剝《は》いでしまいそうな誘惑《ゆうわく》の視線。だが、それはきっと薄闇と瓦斯灯の光が背後に見えるせいだろう。

彼がそんな人物のはずがないのだ。

今夜と同様、あの夜もマーリンのことを助けてくれた男性。

そこにいたのは、半年前の夜会で一度だけ会ったことのある、シュテルン王国、国王の第三王子、ハインツ・フレードリク・フォン・ヴェランダルだった。

☆　☆　☆

そこは目映《まばゆ》いばかりの光に溢《あふ》れ返っていた。

瓦斯灯のシャンデリアが煌《きら》めき、女性たちの色鮮やかなドレスをくっきりと照らし出している。王宮楽団の演奏が絶え間なく流れ、舞踏会場となった王宮の大広間は着飾った人々で通り抜けるのも大変そうだ。

藍色のドレスに身を包んだリンデル公爵家の令嬢、マーリン・エレン・オスカーションがこの大広間に立つのは、今夜で二度目だった。

このシュテルン王国では、貴族階級の娘が十七歳になる年の春、王宮の舞踏会で社交界デビューする。デビュッタントの舞踏会と呼ばれ、マーリンも一年と少し前、両親に連れられて初めて王宮を訪《おとず》れた。

その夜は、白いドレスに身を包んだ娘たちが大広間に整列し、ひとりひとり名前を呼ばれ、国王夫妻の前に立って挨拶をする決まりがあった。

王妃から祝福の言葉とともに、国花である白薔薇《ばら》を胸に飾っていただき、初めて一人前のレディとして認められるのだ。

マーリンはその夜のことを思い出し、胸が熱くなる。

(あの舞踏会の夜を境に、お父様はわたくしの花婿探しの夜会を催《もよお》されるようになったのだったわ)

『公爵家のことだけを考えて、結婚相手を決めてはいけませんよ、マーリン。お母様はお父様に愛されて、妻にと望んでいただきました。だから、あなたにも同じ幸せを知って欲しいの。夜会はあなたが愛する人と出会うきっかけになれば、と。もちろん、お父様も同じ思いですよ』

牧師《ぼくし》の娘でありながら、父に見初《みそ》められて公爵夫人となった母。母は夜会のたびに愛の尊さを説《と》き、マーリンの幸せを願ってくれた。

（愛する人と出会うきっかけ……そうなったかもしれないのに。お父様、お母様……一年、いいえ、半年前でいいから戻りたい）

今から四ヶ月前、母のマルグレットが流行病《はやりやまい》で他界した。そのひと月後、同じ病に倒れていた父、クリストフも愛する妻のもとに旅立ってしまった。十八歳になったばかりのひとり娘、マーリンを残して。

せめてもの救いは、愛し合う両親が時を置かず神に召《め》されたことだろうか。

真実の愛は命が尽きて尚、求め合う。いつかは自分も運命の相手に出会い、心からの愛を捧げたい。父の葬儀のとき、彼女は愛を教えてくれた両親に堅く誓った。

そんな悲しい別れからわずか三ヶ月。両親の喪《も》も明けていないのに、華やかなドレスや宝飾品を身につけ、王宮の夜会に出席しなくてはならないとは。

それもこれも、すべては父の後を継いで新リンデル公爵となった叔父、トビアスの計略だった。

『喜べ、マーリン。王弟グスタフ殿下が、おまえを後妻にと望んでおられる。王宮で行われる夜会に連れて参れ、とのことだ。おまえが男子を産めば、未来の王妃になれるぞ！　亡き兄上も必ずや喜んでくださる』

その話を聞いたとき、マーリンは頭の中が真っ白になった。

父がそんな縁談を喜ぶはずがない。両親とも愛に基《もと》づく結婚の素晴らしさをいつも口にしていた。

マーリンは懸命にトビアスを説得しようとしたが……。

『公爵家の後継ぎ娘から一転して孤児《こじ》となり、確たる身分のなくなったおまえの身を案じて、王弟殿下が素晴らしい縁談をお与えくださったのだぞ。感謝せんでどうする！』

そう言って怒鳴り散らし、話を聞いてもくれない。

他に頼れる人も相談できる人もなく、困っているうちに、とうとう王弟グスタフと引き合わせると言われ、王宮の夜会に連れてこられたのだ。

「……叔父様、やはりわたくしには……」

マーリンが躊躇いがちに口を開いたとき、トビアスはそれを遮《さえぎ》るように大きな声を上げた。

「王弟殿下、お待ちしておりました！　このたびはお招きいただき、どうもありがとうございます。マーリンも王宮へのご招待を非常に喜んでおりまして……」

「そんな……叔父様！」

「早速、紹介いたしましょう。尊敬する兄の忘れ形見であり、私にとって娘同様に大切な姪《めい》、マーリンです。今宵《こよい》は王弟殿下のために、美しく着飾ったと申しておりました」

抗議の声は軽く無視される。

トビアスは実にわざとらしい口調で、マーリンを〝贈り物〟のように、グスタフに向かって押し出した。

マーリン自身は着飾ったつもりなどない。腰まであるストレートの銀髪《プラチナブロンド》も、黒のレースでひとつに纏《まと》め、アップにしただけだ。ドレスも喪中であることを意識して、黒に近い藍色を選ぶ。しかし、トビアスから地味になり過ぎると叱られ、手袋とショールは白にさせられたのだった。

だが、その清楚《せいそ》ないでたちは修道女を連想させ、透き通るような白磁《はくじ》の肌と相まって、マーリンの清廉潔白《せいれんけっぱく》な美しさを際立たせていた。

そんなマーリンを後妻にと望んでいるのは、現国王の弟であるグスタフだった。

彼は今年五十歳になる。もちろんマーリンの亡き父より年上だ。彼には離婚した前妻との間に三人の娘がおり、全員がマーリンより年上だった。三人とも、すでに国外の王侯貴《おうこうき》族《ぞく》に嫁いでいる。

マーリンがグスタフの妻となり男子が誕生すれば、彼が王太子となる可能性はある。

とはいえ、自分より三倍近い年齢の男性に嫁ぐなんて、考えたこともなければ考えたくもなかった。

「ほう。先のリンデル公爵が不埒《ふらち》な男の目に触れさせぬよう、自宅以外の夜会には一切出さず、大切にしていたというだけのことはあるな」

細身で繊細《せんさい》な感じのする国王に比べ、グスタフは……恰幅《かっぷく》のよい男性だった。ただ、正直に言って許されるなら、不健康なほど太っている、と答えるだろう。

マーリンはそのどちらも口にせず、ドレスをわずかに抓《つま》むと無言のまま膝を曲げて会釈《えしゃく》した。

「昨年のデビュッタントの装いは覚えておるぞ。どの娘も似たような白いドレスだったが、おまえのドレスは銀を交ぜた極上の絹糸で織《お》られていた。楚々《そそ》として、実に初々《ういうい》しい姿だった」

グスタフは舌舐めずりでもするように話す。

「恐れ入ります。昨年の舞踏会は緊張しておりましたので、わたくしはよく覚えていないのです。申し訳ございません」

「気にせずともよい。さあ、一曲踊ろうではないか」

グスタフが一歩近づいてきたので、マーリンは条件反射のように一歩下がってしまう。

だが、それ以上後ろに下がれないよう、いつの間にか彼女の背後にはトビアスが立っていた。

「何をしている、マーリン。王弟殿下がおまえをダンスの相手にご指名くださったのだぞ。ありがたくお受けするのだ」

「お待ちくださいさい。叔父様、わたくしは」

「余計なことを言うものではない。よいか、王弟殿下の命令に逆らおうなどとゆめゆめ考えるな。リンデル公爵の名前に恥《はじ》を掻《か》かせようものなら、ただでは済まぬぞ。わかったな」

トビアスにぐいと背中を押された。

グスタフの身長はヒールのある夜会用シューズを履いたマーリンより少し高い程度だが、横幅は倍以上ある。

今夜のマーリンはコルセットでウエストを締め、後ろ腰を膨らませるバッスルスタイルのドレスを着ていた。それは母たちの世代で流行《はや》った大きなクリノリンをつけるドレスに比べ、ダンスが踊りやすいように、と改善されたものだという。

だが、ダンスの相手がこのグスタフだと、あまり意味はないようだ。大きなお腹がまるでクリノリンのように邪魔をして、話をするのもひと苦労と言える。

顔を近づけて踊らずに済むとわかり、少しだけホッとした。だがすぐに、樽《たる》のような腹部を押し当てられることは避けようがないと気づき、不快感が跳ね上がる。

ワルツが終わるまで約十分の間、マーリンは耐え続けた。

そして曲が終わるなり、トビアスの妻イヴォンネに、気分が悪いので帰りたいと願い出たのだった。

「ヴェロニカ、本当にこの部屋で待つように叔母様《おば》はおっしゃったの？」

マーリンが尋《たず》ねたのは、トビアスが新しく雇った付き添い人《シャペロン》の女性、ヴェロニカだった。彼女は癖のある赤毛を後ろに纏め、無表情で感情の籠《こ》もらない話し方をする。マーリンより十歳以上年上に見えた。

「案内人に指示された部屋は、ここで間違いございません」

ヴェロニカはトビアスに何か言い含められているようで、マーリンとはまともに話す気もないようだ。

こちらを見ようともしないヴェロニカの横顔にマーリンは深いため息をつく。

ここは、気分が悪いと言ったマーリンが休憩《きゅうけい》のために与えてもらった部屋だった。広い王宮を延々と歩かされ、かなり奥まで案内された気がする。

王宮の奥には国王夫妻をはじめ、王室ご一家がお住まいになっていた。貴族令嬢といえども、マーリンのような部外者が出入りしていい場所ではない。

そのことが気にかかり、どうにも落ちつかない。

「案内の方が部屋を間違えた、ということはないかしら？」

「そんなこと、私にはわかりません」

「では、いつまでここで待てばいいのか、叔母様に聞いている？　休憩させていただくのはありがたいことだけど、わたくしはお屋敷に帰りたいのです」

「何もわかりません。私が奥様に言われたのは、案内人に従ってマーリンお嬢様をお部屋までお連れするように、ということだけです」

　ヴェロニカは相変わらず無表情のままだ。

　マーリンはなんとも言えない気持ちで窓際に立ち、ふたたび息を吐《は》いた。

　たしかに、イヴォンネはマーリンにも同じようなことを言った。後見人《こうけんにん》であるトビアスや、マーリンを招いてくれたグスタフの許しを得ないことには、勝手に帰るわけにはいかない。ふたりに話したところ、少し休んでもよくならないようであれば、今夜は帰ってもよいことになった、と。

（とにかく、もう少しここで待ちましょう。叔母様に尋ねられたら、やはり気分がすぐれないと答えればいいのですもの）

　マーリンは気持ちを落ちつけると、サロンセットのソファに腰を下ろした。

　使い込まれたウォールナットのまろやかな茶色が、優美《ゆうび》な流線形《りゅうせんけい》を描いている。背もたれや座面に張られた亜麻《あま》色のベルベットが、その美しいソファの形に馴染《なじ》んでいた。象嵌《ぞうがん》のテーブルといい、キャビネットといい、この部屋には王宮にふさわしい家具が揃っている。

　最初に案内された控室とはかなりの差だ。それが意味することとは、この部屋に案内されるのは王室にとって国賓《こくひん》や公賓《こうひん》といった大切な客に違いないということ。自分のような者が利用してはいけないのではないか。

　そう思い始めると、ついつい『本当にこの部屋でいいのかしら？』とヴェロニカに尋ねてしまいそうになる。

　マーリンがまた同じ質問をしようとしたとき、先にヴェロニカが口を開いた。

「それでしたら、私が奥様のもとに確認に行って参ります。そのほうがマーリンお嬢様もご安心でしょう」

　ヴェロニカの提案にマーリンは驚いた。

　これまで一度も、彼女からマーリンに対する気遣いを感じたことなどなかった。ひょっとしたら、このことをきっかけにして互いの信頼を築けるかもしれない。

　とはいうものの、ヴェロニカがいなくなれば、マーリンはたったひとりになってしまう。

「そう、ね……ひとりになるのは少し不安だけれど、ここはあなたにお願いするしかありませんね」

　マーリンはキュッと唇を噛《か》み、覚悟を決める。

「では、この部屋のことを叔母様に確認してきてください。それから、伝えていただきたいこともあるの。やはり気分がよくならないので、できるだけ早く王宮を失礼させていただきたい、と。お願いね」

「承知いたしました」

ヴェロニカはゆっくり頭を下げると、扉の向こうに消えていった。


シュテルン王国の国王ゴットフリードには三十二歳の第一王子を筆頭に三人の王子がいる。にもかかわらず、王太子の座は空位のままだ。

それにはこの国の王室法が大きくかかわっていた。

まず、我が国の国王は男子のみ。女王は認められていない。そして王太子となる最大の条件は、『後継者となる息子を持つ者』だった。

現在の国王は十九歳で結婚、二十歳のときに息子が産まれ、すぐに王太子となった。その後も次々と男子に恵まれ、この分なら次の王太子もすぐに決まりそうだ、と国民たちは安堵《あんど》していた。

ところがである。

父親である国王と変わらない歳に最初の結婚をした第一王子だったが、何年経《た》っても息子どころか娘にも恵まれない。その後、離婚と再婚を繰り返し、現在三番目の妻《めと》を娶って丸二年。まだ、子供は授かっていなかった。

口さがない世間の人々は『第一王子は種無し』などと密《ひそ》かに言っているようだ。

そんな中、第二王子が昨年結婚――しかし、未だ懐妊《かいにん》の兆《きざ》しはない。

それを受けて市井《しせい》には下世話な醜聞《しゅうぶん》ばかり流れていた。『ひょっとして、第二王子も子種が……』『第三王子が結婚しない理由も、あるいは……』などといった具合だ。

だが、万が一にも我が国の王室から男子が途絶えてしまった場合、近隣諸国の王族をも巻き込み、とんでもないことになるだろう。

そこに登場するのが王弟グスタフだった。

グスタフに息子はいないが娘はいる。五十歳と高齢ではあるが、若い娘が大好きらしい。現在もあちこちで浮名《うきな》を流し、それが理由で長年連れ添った妻から一年前に離婚されたともっぱらの噂だ。

その手の噂は次期国王として外聞《がいぶん》はよくない。だが、まずは王室に男子が誕生しないことには始まらない。

これまでも、国王が若くして亡くなったときなど、息子ではなく弟が後を継ぐ例がいくつもあった。グスタフが若い娘と再婚し、息子ができれば……。

そんな噂話にトビアスは食いついた。

彼はある日突然、公爵位を得た。そして一気に貴族たちの頂点へと駆け上がった。

リンデル公爵位は、本来ならマーリンの夫が継ぐことになる。彼女が結婚していたら、あるいは正式な婚約者がいれば――。トビアスに出番はなく、マーリンは今ごろ『リンデル公爵夫人』と呼ばれていただろう。

娘の気持ちを思いやり、時間をかけて婿を選ぼうとしたのが裏目に出た。早過ぎる父の死は、マーリンから後継ぎ娘の地位を奪ったのである。

トビアスは公爵家の次男であったために、田舎《いなか》の領地しか与えられずにいた。そのことを不服に思っていたのだろう。兄弟は疎遠な間柄で、とても『尊敬する兄』とは思えず、マーリンのことも『娘同様に大切な姪』のわけがなかった。

『この幸運を長く維持するためには、利用できるものはなんでも利用しなくては』

それはトビアスが酔って妻に話していた言葉だ。

自分を家族として迎え入れてくれた、そう信じていたのに、トビアスは姪をチェスの駒《こま》かトランプのカードのようにしか考えていなかった。

(それでもいいの。せめてもう少しだけ、お父様とお母様を思う時間をいただけたら……公爵家のための結婚も考えられるのに)

母は下級貴族の出身ですらなかったため、結婚には多くの反対があったという。

だが、音楽や絵を嗜《たしな》み、教養が高く、しかも慈愛《じあい》に満ちた女性だった。夫を支えて公爵夫人としての役目をそつなくこなし、娘にも充分過ぎるほどの教育を与えてくれた。

マーリンが貴族の娘としての務めを果たさないことで、母の名誉を傷つけるわけにはいかない。
愛する人と結婚したかったが、社交界デビューしてからの一年あまりで出会えなかった
のだから仕方がない。
（愛する人……もし、おふたりが流行病に罹《かか》らなかったら……わたくしは、きっとあの方
を）
マーリンの胸に半年前の、母が倒れる直前に催された夜会が浮かび上がった。

――半年前、それは夕刻から小雪の舞う寒い日のこと。
社交界シーズンではないため、市内でそれほど多くの夜会は催されてはいない。そのせ
いか、招かれたほとんどの人々が公爵家の夜会に出席していた。
その中にブルーブラックのテールコートを着た、見目麗しい男性の姿があった。彼の洗
練された容姿は、マーリンの瑠璃《るり》色の瞳に一瞬で焼きつく。
周囲の男性はほとんどがクラヴァットを結んでいたにもかかわらず、彼は黒いボウタイ
を短めに結んでいた。外国から帰ってきた人たちに聞いた話では、大陸の国々では上流階
級の盛装《せいそう》にはボウタイが主流になりつつあるという。だが、シュテルン王国の貴族階級は

保守的な人間が多かった。誰もが周囲の目を気にして、クラヴァットを外そうとはしない。

他の男性たちより抜きん出て背が高く、当然だが脚も長い。清潔そうな短い黒髪や、温かな印象を持つとび色の瞳も、彼のすべてから目が離せなくなってしまう。

『国王陛下の第三王子であられる、ハインツ殿下だ』

父から紹介されたとき、マーリンの全身が心臓になったかのようにドキドキと脈打った。

『このたびはお招きいただき、ありがとうございます。レディ・マーリン、初めてお目にかかります。ヴェランダル領主、ハインツ・フレードリクと申します。どうぞ、ハインツとお呼びください』

ハインツの挨拶にマーリンは驚いた。

王子の身分にある者が成年に達したとき、国王から領地を与えられる。だが、彼らのほとんどが領主としてその土地に住むことはなかった。領主の代行を立て、王宮か首都にある多くの宮殿のひとつで暮らしている。

とくに王太子が空位の時期は、そういった行動が顕著《けんちょ》だという。

それはまるで、妻が男子を産んだら次の王位は自分の手に、と狙っているようだ。女性を軽んじているとしか思えず、マーリンは王族の男性に嫌悪感《けんおかん》を抱いていた。

だが、このハインツは違う。彼は自らヴェランダル領主と名乗った。王太子の座など興味がないとでも言わんばかりに。

そのことにより、マーリンの中で彼の印象はさらに上昇した。

公爵邸の大広間に流れていたワルツが途切れ、音楽がショティッシュに変わった。外の寒さを吹き飛ばすかのような、明るく軽快なメロディが流れ出す。

『レディ・マーリン、僕と踊っていただけますか？』

ふいに、横から声をかけられる。

ハインツに見惚れていたマーリンは、慌てて声のしたほうに視線を向けた。

彼女に手を差し出していたのは、公爵家の夜会に毎回顔を出しているベント・ダーヴィドソン卿《きょう》だった。モテッセン侯爵《こうしゃく》の次男で二十二歳、騎馬《きば》隊に所属している。社交界では一、二を争う人気者だ。

だが、マーリンはこのダーヴィドソン卿が苦手だった。

陽気で会話も楽しく、最初はダンスにも喜んで応じていた。必要以上に触れてこない態度にも、好感を持っていたのだ。

ところがひと月ほど前、そのすべてが公爵位を狙っての芝居だと知る。

彼は『親友の妹』と言ってエスコートした女性と、公爵邸の裏庭で抱き合っていた。しかもその女性に、『婿に決まるまでは我慢して子守りするしかないな』と言い……それ以上は見届けることができなかった。

すぐにも父に話して、二度と招待して欲しくないと言おうとした。

だが、ダーヴィドソン卿の父親は愛妻家として有名だ。そのことに、マーリンの父も非常に好感を持っていた。

そんな父が、ダーヴィドソン卿の行為を知ればがっかりするだろう。マーリンも口にすることが躊躇われ、結局、何も言えずにいたのだった。

『ほらほら、のんびりしてると曲が終わってしまう。レディは笑顔で応じるものですよ』

初めは、さりげなくレディの心得を教えてくれているのだと思っていた。でも今は、レディらしい応対もできない〝お子様〟だと馬鹿にされている気分だ。

それでも、彼とは踊りたくなかった。だが、気の利いた断り方も思いつかず、マーリンは仕方なく手を出しかける。

その手をダーヴィドソン卿が摑む寸前、他の手が攫《さら》った。

『え？　あ、あの……』

『失礼。私のほうが先約なんだ』

ハインツだった。彼は不作法《ぶさほう》にも横から割り込み、マーリンの手を摑んで引っ張っていく。

『お、おい！　ダンスを申し込んだのは僕が先だぞ。あんたはルールも知らないのか⁉』

男性がダンスを申し込み、応じるときは女性から男性の手を取る。それが社交界のルールだ。

横取りしたのだから、ハインツのルール違反は間違いない。

だが彼はフッと微苦笑を浮かべた。

『ルールか。では、あらためて――レディ・マーリン、私と踊っていただけますか？』

彼は一旦手を放し、気取った仕草でお辞儀《じぎ》をして、マーリンに手を差し出した。そして、軽くウインクをする。

その瞬間、ハインツがマーリンの本心に気づき、助けてくれたのだとわかった。

『は、はい』

彼女は慌ててハインツの手を取る。

『これで文句はないな、坊や』

『なんだとっ!!』

ダーヴィドソン卿は怒ってハインツに摑みかかろうとした。彼はどうやらハインツが第三王子であることに気づいていないらしい。

マーリンはどうなることかと思ったが、直後、同じ騎馬隊に所属する男性がダーヴィドソン卿に耳打ちした。すると彼は真っ青になり、身を翻《ひるがえ》したのである。

『ハインツ殿下、お助けいただき、ありがとうございました』

『さて、なんのことかな？』

『あの、本当に踊るのですか？　でも、わたくし、ショティッシュはまだ覚えたばかりなので……』

『それはよかった。私はこれから覚えるところなんだ。さあ、遠慮なく、ビシビシと教えてやってくれ』

引っ込めようとした手を強引に掴まれ、大広間の中央まで連れて行かれたのだった。

いざ踊り始めると、ハインツは音楽に合わせたスマートなリードでマーリンをくるくると引っ張り回す。

そう長い曲ではなかったが、一曲終えたときには息が上がるほど夢中になって踊っていた。

『ハインツ殿下は嘘つきです』

『私が？』

『あんなに上品で美しいステップを踏まれるのに。とても、これから覚えようとする方のステップではありませんでした』

うっかりするとまた彼に見惚れてしまいそうになる。

マーリンはそれが恥ずかしくて、わざとツンと澄まして言った。

『まいったな。本当にショティッシュを踊ったのは、五年……六年ぶりなのに』

初対面の挨拶とは違い、少しずつ言葉遣いが砕けてくる。同時に表情も人懐《ひとなつ》こいものになり、マーリンの心をゆっくりと溶かしていく。

『そう言えば、昨年の春に王宮の舞踏会に出席させていただきましたが、殿下はおられませんでしたね』

『こういったダンスも社交も苦手でね。春に催されるデビュッタントのための舞踏会は、いつも欠席しているんだ』

彼がそう言った直後、大広間にふたたびスローなワルツが流れた。

ハインツは自然な動作でマーリンの腰を引き寄せ、抱き合うようにしてステップを踏み始める。

『だが、あなたに出会えると知っていたら、昨年だけは出席するんだった』

思わせぶりな言葉にマーリンの頬は熱くなった。

そのとき、ハインツの身体からふわっとフローラルな香りが漂ってきた。

『殿下は香水をつけておられるのですか?』

男性からこれほどまで甘い香りがしたことは初めてだ。ショティッシュは動きが速過ぎて気づかなかった。

もっと彼に近づけたことに、マーリンはこれまで経験したことのない高揚感を覚える。

『いや、とくに何も。ああ、そうか――私のヴェランダル領は国の南端にあるんだ。気候がよくて、国花である白薔薇の産地なんだよ。領主館であるヴェランダル・パレスにも薔薇が咲き乱れていて、一年のうち半分以上はそこで過ごしているから、すっかり染みついてしまったようだ』

『まあ、なんて素敵なところなのでしょう！　公爵家の領地は北にあって、もっともっと雪が深いのです。もう何年も、わたくしは連れて行っていただけません。時折、保養地に建てられたカントリーハウスに出かけるくらいで、このフリークルンド市からほとんど出たこともなくて……』

　ヴェランダル・パレスに招待して欲しい、とねだったつもりはなかった。マーリンは素直な気持ちで、白薔薇の産地を訪れてみたい、と思っただけだ。

　だが、多くの女性から同じようなことを言われてきたのか、彼女の言葉を聞くなりハインツの顔は曇《くも》った。

『お父上の許可を取らなければ招待できないだろうが……そのためには、あなたに求婚しなくてはいけないのかな』

『そ、そんな、わたくしは』

　求婚の言葉にマーリンはアタフタとし始める。

　そのときワルツが終わり、ハインツはスッと身体を引いた。

『冗談だよ。からかってすまない。さて、久しぶりに楽しい時間が過ごせた。ありがとう、レディ・マーリン。ああ、ひとつ教えておこう。男は鈍感な生き物だから、気に入らない相手には思いきり肘鉄《ひじてつ》を喰《く》らわせてやらないと伝わらないぞ』

彼は鹿革の白い手袋を取ると、マーリンの右手の甲に口づけた。それはレディに対する最大限の敬意を払う仕草。嬉しくもあり、ふいに遠くの人になってしまったようで、マーリンは寂しさを感じていた。

後日、その日の夜会でマーリンに結婚を申し込んできた男性が数人いたと聞かされた。しかし、父が口にした中に、ハインツの名前はなかった。

『どうしたんだい？　まさか私の可愛い娘の目に、どこかの〝ろくでなし〟が留まったんじゃないだろうね』

『お父様ったら。夜会にお招きになられたのは、お父様が選ばれた紳士の皆様ではありませんか。わたくしの旦那様候補に〝ろくでなし〟を選ばれたのですか？』

『どんな立派な紳士であっても、父親から娘を奪うのはすべて〝ろくでなし〟と呼ばれるんだよ。さて、それは求婚してきた中にいるのかな？』

マーリンは迷った。

求婚していただいた男性ではなく、第三王子のハインツを来月の夜会にも招いて欲しい、その言葉が喉《のど》まで出かかったが、言えなかった。

次の夜会が近づき、『やっぱりハインツ殿下にも招待状を送っていただこう』そう思った直後、母が倒れた――。

マーリンが思い出に浸りかけたそのとき、廊下に人の気配を感じた。

ヴェロニカが叔母のイヴォンネを連れてきてくれたのだろう。逸《はや》る気持ちを抑えきれず、彼女は立ち上がって扉の取っ手に手をかける。

「本当によいのだな？　今夜中にマーリンを妻にしても」

自分の名前が出たことに、そしてその内容に彼女の身体はビクッとした。

声の主は、つい先ほど聞いたばかりの王弟グスタフに間違いない。

「ええ、もちろんでございます。あの娘は両親の死に心を奪われ、冷静な判断ができずにいるのです。ここは一刻も早く、王弟殿下のお手により、一人前の女にしてやっていただけたら」

その猥雑《わいざつ》さに満ちた声は、叔父のトビアスだ。

扉はほんのわずかしか開いていないので、マーリンからふたりの姿は見えない。だが、声だけははっきりと聞こえる。

「わしの手でか……それは楽しみなことだ。しかし、本当に陛下のお許しをいただかなくてもよいのか？　国教会の定めでは、親の死後半年は慶事《けいじ》を控えることになっておるが」

「そのための既成事実でございます。そんなことより、見事マーリンが男子を産み、王弟殿下が王太子となられたあかつきには、公爵家の財産と領地の件はお忘れなく」

「わかっておるさ。ああ、それから、マーリンは生娘《きむすめ》に違いなかろうな。わしは他人の手垢《あか》がついた娘を妻にする気はないぞ」

「それはもう間違いなく。今からどうぞ、たっぷりとお確かめくださいませ」

男たちはいやらしげな笑い声を上げた。

マーリンはそっと扉を閉め、急いで内側から塞《ふさ》ごうとする。内鍵がついていればいいのだが、扉はすべて鍵を鍵穴に差し込まなければ開け閉めできないようになっていた。王宮の部屋の鍵など、その辺に置いてあるはずもない。

部屋の中を見回し、ひとりがけのソファならなんとか押して動かせそうだとわかった。しかし、全部動かしても三脚しかない。もっと重い家具でなければ、簡単に押し開けられてしまいそうだ。

この部屋の出入り口はひとつだけ。となれば、なんとかトビアスたちの目をかいくぐり、ここから逃げ出すしか助かる方法はない。

マーリンは警戒しつつ、そろそろと扉に近寄る。

「ん？　この部屋でもないな。たしかにこの辺りの部屋と聞いたのですが、何番目の部屋だったか……」

「かまわん。この辺りは国賓用の控えの間だ。今日は使う予定がないと聞いている。片っ端から開けてみればよい」

扉の向こうから、そんな恐ろしい会話が聞こえる。

(ここを離れるつもりはないのだわ……ああ、このままじゃ、明日の朝にはわたくしは王弟殿下の妻にされてしまう)

正式な求婚も婚約期間もなく、婚前交渉という既成事実のみによる結婚。

こんなことが公爵家のためになるなんて考えられない。むしろ、リンデル公爵家にとって恥になるのではないだろうか。

そのとき、マーリンはハッとしてもうひとつの逃げ道に気づいた。

彼女は食い入るように窓をみつめ、覚悟を決める。そして、窓枠に取りつけられた真鍮《しんちゅう》の取っ手に触れた。力を込めてバルコニーに向かってゆっくりと押し開いていく。

ふわっと風が吹き込んできて、黒いレースから零《こぼ》れた数本の銀髪が靡《なび》いた。

外は夜の帳《とばり》が下りつつある。今はまだ、バルコニーの大きさや手すりの形も見えるが、あっという間に何も見えなくなるだろう。

迷っている時間はない。

マーリンはバルコニーに足を踏み出した。

☆　☆　☆

暖炉の上に置かれたオイルランプに火が灯され、室内は琥珀《こはく》色の柔らかい光に包まれる。瓦斯灯の隅々まで照らし出す明るさは素晴らしいと思う。でも、水の中を揺蕩《たゆた》うようなオイルランプの優しい灯りもマーリンは好きだった。

そして、彼女の目の前には憧れの男性がいた。

マーリンがもう一度会いたいと心から願った第三王子のハインツ。彼は半年前と何も変わっていなかった。

『ハインツ殿下は、繊細な国王に若者の才気と気骨を足したような方だな』

彼の話題になったとき、父がそんなふうに言っていたことを思い出す。

たしかに、ともすれば頼りなげに見える整った顔立ちだが、短めの黒髪が彼の男らしさを補っていた。

でも今は、薄茶色の瞳に動揺らしき影が浮かんでいる。

よくよく見ると、白いドレスシャツの釦《ボタン》が上からふたつも外れていた。おまけに、黒いボウタイがほどけて襟首にかけられたまま……。黒のトラウザーズにもブレイシーズはついておらず、腰で引《ひ》っかけた状態だ。

そして灯《つ》りの点いていなかった部屋。

マーリンはハッとした。

「あの……ひょっとして、ハインツ殿下はお休みだったのでしょうか？」

ハインツはジッとこちらを見て口を開いた。

「いや、これから用意をして大広間に向かう予定だった。それから、君は私がこの部屋を使っていると知っていたのか？」

「とんでもございません！　灯りが点いていないことで誰もいないと勘違いしてしまいました。それで……つい」

「つい、バルコニーから下の階に移ろうなんて無謀《むぼう》なことを考えた、と？」

あらためて言われたら、かなり無謀なことだったのかもしれない。

想像していた木登りとは、まるで違う難しさだった。だが、他に手立てはなかったのだ。

あのまま上の階にいて、グスタフの妻になることが正しいことだったとは思えない。

しかし、それを堂々と口にするなど、女性の身には恥ずかしくて堪《たま》らないことである。

「それで、君は私の質問に答える気があるのか？」

「え？　質問と申されますと……」

ハインツは大きく息を吐き、サロンセットのテーブルを挟んだ向こう側から身を乗り出した。

「だから、どうしてリンデル公爵家のご令嬢が王宮で盗賊《とうぞく》の真似事をしていたのか、と聞いているんだ」

「盗賊の真似事などしておりません！　わたくしは、ただ……下の階に下りようと」

「だから、下りてどうするつもりだったんだ⁉　その先を話さないことには、君の目的がなんだったのかさっぱりわからない。まさかとは思うが、上の階で男と密会中に別の男に乗り込まれ、慌てて逃げ出した、とかじゃあるまいな」

「違います‼　そんな、そんな誤解だけはなさらないでください。あの声は、わたくしの父が亡くなり、公爵家を継いだ叔父でございます！」

マーリンは堪《こら》えきれずに叫んだ。

するとと、途端にハインツの表情が同情めいたものに変わっていく。

「ああ、そうだった。――お父上、お母上のことはお悔やみ申し上げる。領地に籠もってばかりで、存在感の薄い第三王子のことなど、誰も気に留めてはくれなかった。だが、お父上はわざわざ私を夜会に招いてくださったのだ。彼は我が国にとって重鎮《じゅうちん》ともいうべき大貴族だった。本当に悔やまれてならない」

真心の込められた言葉に、マーリンもテーブルに向かって身を乗り出した。

「ありがとうございます。殿下のお言葉を聞き、父も母も喜んでいるでしょう。ああ、思い出しました……それぞれの葬儀の日に、ヴェランダル産の白薔薇が届きました。あれは、やはりハインツ殿下だったのですね」

「そのことはともかく……そう言えば、上の階にいた男も誰かに話しかけていたな。確か、〝殿下〟と呼んでいた。今この王宮に、私以外にその敬称で呼ばれる人間は三人いる。第一王子のアランと第二王子のカール、そして王弟グスタフ――」

ハインツの言葉にマーリンの身体はビクッと震えた。

「レディがドレスの裾をたくし上げ、下着姿になってまでバルコニーを乗り越え、階下に飛び下りようとした理由というのは？」

「忘れてください！　どうか……あの姿は、思い出さないで……わたくし、そうでないと……あの、ご覧になられました、よね？」

ドロワーズ姿を憧れの男性に下から見られてしまった。その俄《にわか》に信じられない状況に、マーリンは眩暈《めまい》を覚える。

そのとき、ハインツが立ち上がり、おもむろにマーリンの隣に座った。

「あ、あの……」

「君の声は小さ過ぎてよく聞こえない。隣に座ることに何か問題でも？」

問題はないと思う。そもそも、ハインツを前にして恥ずかしさのあまり小さな声になってしまう自分のせいなのだ。

彼女はさらに小さな声で「ごめんなさい」と答えつつ、ドレスの下に隠れているドロワーズを意識した。

「どこからどこまでを忘れたらいいのか、それを判断するためにも正直に話してくれないか。私を信用して欲しい。もちろん、悪いようにはしない」

「ハインツ……殿下」

マーリンは胸が熱くなった。

今にも涙が零れそうな瞳で見上げていると、少しずつ、彼との距離が縮まっていく。気のせいかと思ったがそういうわけでもなく、どうやら、ハインツのほうがにじり寄ってきているようだ。

これがグスタフなら、同じだけマーリンも後退しただろう。

だがハインツはとても優しく、気が利いて、細やかな心遣いのできる男性だった。初めて会ったときも、マーリンをいやらしい目で見ることもなく、ショティッシュのステップを楽しく教えてくれた。彼は理想の王子様なのだ。

(ハインツ殿下は誠実な方よ。よこしまな思惑《おもわく》で身体に触れてくる王弟殿下とは違うわ)

そんな彼に優しく諭されると、マーリンは助けてもらいたい一心で口を滑らせてしまう。

「わ、わたくし……王弟殿下と結婚するように、と叔父様に言われたのです。それも、今すぐ……き、既成事実を……作ると、おふたりが話をされていて」

「既成事実⁉　それは、強行突破ということか？」

顔のすぐ横でハインツの声が聞こえた。

互いの腕が触れてしまいそうなほど近くに座り、こちらを向いて話されるのはとても恥ずかしい。それに、これはいくらなんでも近過ぎる気がする。

でも、あまりの出来事に彼自身が慌てているのかもしれない。そう思い直して、コクンと首を縦に振った。

「グスタフは五十だぞ。どう考えても、君の夫にはふさわしくないだろう。新公爵とやらは何を考えているんだ⁉」

「仕方がないのです。わたくしはもう公爵の娘ではなくなったのですから。当主である叔父様の命令とあれば、王弟殿下に嫁がなくてはならないことも充分にわかっております。でも、もう少し時間が欲しいのです。せめてあと三ヶ月は……」

ハインツは少し考えて口を開いた。

「そう言えば、我が国の国教会が半年の服喪期間をもうけていたな。なるほど、そのための既成事実か……まったく、処女好きのグスタフめ。とんでもない奴だ」

彼の口から飛び出したとは思えない卑猥《ひわい》な言葉に、マーリンは呆気に取られる。

「それで、これからどうするつもりだ？」

「少しの間だけ、この部屋に匿《かくま》ってはいただけませんか？　わたくしを見つけられなければ、叔父様も諦めてくださると思うのです」

「まあ、そうだな。とりあえず〝今夜は〟諦めるだろうな」

彼は『今夜は』に力を込めて言った。

「それは……どういう意味でしょうか？」

「本気でわからないのか？　今夜がダメなら明日の夜でも、今度はグスタフが君の部屋に忍び込んでくるぞ。当主が味方なら夜這《よば》いなど楽勝だ」

マーリンは真っ青になる。

そんなことをされてしまえば逃げ場がない。公爵邸を出たところで、彼女には行くあてもないのだ。

ひとりで生きていくとなれば、働かなくてはならない。親を亡くした貴族階級の娘が働くと言えば、家庭教師《ガヴァネス》か話し相手《コンパニオン》といった仕事しかないだろう。だが、推薦状もなければ経験もない十八歳の娘を、雇ってくれるお屋敷があるだろうか。

マーリンは自分の甘さを悟った。バルコニーから飛び下りたくらいで逃げられることではなかったのだ。

顔を蒼白《そうはく》にして黙り込む彼女をどう思ったのか、ハインツは少し明るめの声を出した。

「まあ、違う考え方をすれば、君は幸運とも言えるだろうな」

「わたくしが……幸運？」

「奴は若い娘に手を出しては金と身分で片をつけてきた。だが、君には現公爵の後見がある。さすがのグスタフも妃《きさき》にするだろう。見事、男子を産めば、次の王妃は君だ」

まるでトビアスのような言い様に、マーリンはカッとした。

「愛は身分より尊いものです！　わたくしには、密かにお慕いする方がおります。その方の妻になることは、次の王妃になるより幸運なことです！」

他の誰かであったなら、こんな言い方はしない。

かつてのマーリンには何十人もの求婚者がいた。だがたったひとり、心を動かされたハインツは、彼女に求婚してはくれなかった。

ハインツは今年二十七歳。王子という身分がある以上、国王夫妻はもちろんのこと議会や国民も、彼の一日も早い結婚を望んでいる。正確に言うなら、結婚して息子が誕生することに期待している、と言うべきか。

――年甲斐もなく若い娘の尻を追い回すグスタフに比べたら、領地のヴェランダルに引き籠もっているハインツのほうが次期国王にふさわしいのではないか。ただし、彼に子種があればの話だが――。

世間の期待を要約すればこんなところだろう。

今は首都からも遠ざかり隠遁《いんとん》生活を送っているハインツだが、二十歳前後のころは放蕩《ほうとう》王子と呼ばれ、社交界で華々しい活躍をしていたという。人妻や未亡人と恋の駆け引きを楽しみ、賭けボクシングの試合に出場したり、ギャンブルにも手を出したりしていたというのだから、男の本性というのはわからない。

それが六年ほど前にピタリと止まった。王宮を出て、ヴェランダル・パレスに生活の拠点を置くようになったのだ。

その理由を本人は口にせず、周囲は『本気の恋愛が失恋に終わったからだ』とか『有名な医師に子種がないと言われたらしい』とか『領地に身分の低い女を囲い、隠し子までいるそうだぞ』と好き勝手に噂した。

（噂はしょせん噂ですもの。わたくしの知っているハインツ殿下は、ヴェランダルの領主であることを誇りに思っている素晴らしい方だわ）

ダンスや社交は苦手と言いつつ、見事なステップを踏む。さりげなくマーリンの手を握ったり、腰に触れたり、彼女がドキドキするような言葉をささやくのも、実は若いころに遊んだ名残なのだ。そう思うとちょっと、いや、かなり切ない。

だが、それでも、今の彼は違う。

その思いを伝えたいが、マーリンが口にするわけにはいかなくなってしまった。なぜなら、どちらにしても次の王妃の座を狙っている、と思われかねない立場だからだ。

ハインツに対する思いを胸に秘め、マーリンはギュッと唇を噛み締める。

「お慕いする方……か。それはまた、驚きだな。そんな男がいるなら、さっさと婚約しておけばよかったんだ。そうすれば、俗物に利用されることもなかったのに」

「それは……その方は、わたくしに求婚してくださらなかったから……」

たった一度の夜会で求婚してくれと言うほうが無茶な話だ。もちろん、会う前から求婚してくる男性もいるが、それこそ公爵位狙いだと言っているようなものである。

ただ、どちらにしても王太子の決まらない現状で、王子の身分にあるハインツが公爵家に婿入りすることはあり得なかった。

父もおそらく、近い将来に彼の立場が変われば、と考えて、婿候補として招いたに違いない。

「それはそれは、君のようなレディを袖《そで》にするなんて、馬鹿な男がいたものだ」

マーリンはなんと答えていいのかわからない。

彼女が黙っていると、今度はさっきよりも近く、耳のすぐ傍《そば》で彼の声が聞こえた。

「では、君をこの部屋に匿えばいいんだな?」

ソファの隣に座ったハインツは内緒の話でもするように声を潜《ひそ》め、身を乗り出して、マーリンだけに聞こえる声で言う。

(こ、この部屋には、わたくしたちだけだと思うのですけれど……。外に聞こえないように、というご配慮かしら?)

頭の中ではそう思っても、あまりにも親密な距離にマーリンの胸は高鳴る一方だ。

「はっ……はい、あの……少しの間、置いていただけたら。殿下のお着替えを邪魔したりいたしませんので」

彼女も同じように声を潜めた。

だが、さすがに身を乗り出して、彼の耳に口を近づけることはできない。

「もし、新公爵やグスタフがやって来たらどうする？」

「それは……。そのときは、この部屋にはいない、と言っていただけますか？」

「私に嘘をつけと言うわけだ」

ハインツはそう答えた直後、手を伸ばしてマーリンの肩を抱くような仕草をした。

いや、実際に抱いたわけではない。彼の手はソファの背もたれに置かれているだけで、マーリンの肩には指一本触れてはいないのだから。

わかっていながら、マーリンは身体が固まり、身動きが取れなくなる。

横を向いたら、ハインツの顔が目の前にあるように思う。かと言って、身体を背もたれに押しつけたり、横にずれたりしたら、自らハインツの腕に飛び込んでいくようだ。

「嘘をついてもかまわない。それも、その場しのぎではなく、一瞬でグスタフが君から興味を失うような……そんなとっておきの秘策を講じてあげよう」

とうとう彼の唇がマーリンの耳朶《じだ》を掠《かす》めた。

熱風のような吐息が耳の奥まで流れ込む。それは決して不快な感覚ではない。

しかも魔法めいた言葉の内容と重なって、マーリンは全身がふわふわと宙に浮くような感覚に陥る。

「そ、んな……無理です、そんなこと……」

「君がどうしてもグスタフの妻になりたくないなら、手立てはある。ただし、その〝密かにお慕いする方〟とやらへの貞操を忘れてもらうことになるが」

「それは、どういう意味でしょうか？」

「嘘をついてまで君を守るんだ。私にも、ご褒美くらいあっても罰は当たらない。そう思わないか？」

驚いて何も考えず彼の顔を見上げる。すると、思ったとおり、すぐ目の前までとび色の瞳が近づいてきていた。

「君の唇が欲しい。それも私が奪うのではなく、君から口づけてくれ。本気でグスタフから逃げたいと思っている、その証を示して欲しい——さあ、どうする？」

どうすればいいのか、マーリンのほうが教えて欲しいくらいだった。

第二章　非処女宣言

ほんの一瞬、マーリンは思った。

ずっと憧れていたハインツと口づけが交わせる。断る理由がどこにあるのだろう、と。

だがそれは、愛し合った末に求められるものではなく、『守ってもらうためのご褒美』。

そんな口づけになんの喜びも生まれない。

「見損ないました、ハインツ殿下。あなたは誠実で思いやりがあって、物語に出てくる騎士のような方だと思っていましたのに……まさか、こんな……破廉恥《はれんち》な要求をされるだなんて」

マーリンは涙目になりながらも、懸命に理性を取り戻した。

だがハインツはそんな彼女から視線を逸らせ、両手を広げて天井を仰ぐ。

「おいおい、私が騎士だって？　王子の肩書きすら持て余している男に、これ以上余計なものを押しつけないでくれ」

「何をおっしゃるのですか？　殿下は第三王子としての役目をきちんと果たしていらっしゃるではありませんか。ヴェランダルの領主様として、自ら領地と領民を守ることは社交界で活躍されるより立派なことでございます」

浮かんだ涙を拭いながら、それでもキッパリと言いきる。

ハインツはわずかに目を見開いた。だが、驚いたような表情は、すぐさま余裕の笑みに変わる。

「そんなに褒めてくれても、君の言う〝破廉恥な要求〟を撤回《てっかい》する気はないよ」

「殿下、わたくしは……」

「嫌なら断って出ていけばいい。ほら、左手の扉が廊下に繋がってる。そこから出ていけば、すぐにグスタフや新公爵に会えるだろう」

彼はそこまで言うと一旦言葉を区切り、マーリンの顎《あご》に手を添えて上を向かせた。

「私にキスするくらいなら、グスタフにキス以上のことをされたほうがマシだ、と言うならね」

その言葉を聞くなり、マーリンの感情は白旗を上げた。

（悔しいけれど……王弟殿下の妻にされてしまうくらいなら……）

彼の言い方はとても意地悪だと思う。でも、紳士なら助けてくれて当然とばかりの言動を、自分も取っていたかもしれない。

それにハインツの秘策とやらでグスタフとの結婚は免《まぬが》れても、近い将来、誰かのもとに嫁がされる現実は変わらない。しかもそれは、間違いなくハインツ以外の男性なのだ。

なぜなら、彼はマーリンに求婚していないのだから。

顎に触れる強引な指さえも優しく感じる。この人はご褒美のキスを求めるような男性なのに、そう思いながらもマーリンの鼓動は速くなっていく。

「唇を……重ねたら、それでお力になっていただけるのですね？」

「シュテルン王国の王子の名に懸けて、約束しよう」

ドレスシャツの釦が途中までしか留められていなかったのは、王宮の夜会に出るために着替えている最中だったから。ボウタイも今から結ぶところだったようだ。

ただ、別のソファの背もたれにかけられたウエストコートやテールコートを見ると、従僕《フットマン》も伴わず、たったひとりというのは立場上ずいぶん適当なことではないか。

それは彼の本性がマーリンの思うような男性ではなく、噂どおりの〝放蕩王子〟に近い人物だという証拠にも思える。

だがそれでも、ハインツの約束を信じたいという気持ちは、どこからくるのだろう。

「あの……目を閉じていただけますか？」

上目遣いにお願いすると、彼はマーリンの顎から指を離し、スッと目を閉じた。

まさか初めての口づけが夫になる人ではなく、しかも自分のほうからすることになるとは。混乱する気持ちを振り切るように、彼女はソファから勢いよく立ち上がった。そして中腰になると、サッとハインツの唇に自分の唇を押し当てた。

数秒後、薄目を開けたハインツから抗議の声が上がる。

「レディ・マーリン、まさか今のがキスとは言わないだろうね？」

「で、でも、唇は……重ねました」

彼は大きく息を吐くと、

「目を閉じさせていたのだから、きちんと唇だとわかるくらい押し当ててくれないとダメだ。そうだな、ゆっくりと十数える間、唇は重ねたままだ。はい、もう一回」

ニッと笑い、ふたたび目を閉じる。

躊躇《ちゅうちょ》しながらも、マーリンはもう一度挑戦することにした。今度はゆっくりと彼に近づき、お互いの唇が触れた瞬間、彼女も目を閉じる。

（十って……口が塞がっていたら、声を出して数えられないわ。頭の中で数えたらいいのかしら？）

とりあえず、一から数えようとしたとき、ハインツの手が彼女の背中に伸びて、ふいに抱き寄せられた。

一瞬でマーリンの頭から数字が消え去った。身を捩って逃げることもせず、そのまま彼の腕の中に転がり込んでしまう。

気づいたときには、マーリンは彼の膝に腰かけるようにしてキスされていた。

「ん……んん……んんんっ」

ソファの隅に置かれたクッションが背中に当たり、ようやく、これ以上続けていてはダメだと胸に浮かぶ。

でもそのとき、さらに強くマーリンの背中はクッションに押しつけられた。同時にハインツの力は荒々しくなり、キスも激しくなっていく。やがて弾力性のある舌が彼女の唇を割り、口腔《こうこう》内まで押し入ってきた。

「あ……ふぅ……でん……か……やだ、待っ……てくださ」

これはいったいなんだろう？

キスというのは、唇を押し当てることではなかったのか。正しいキスを習ったわけではないので、彼が悪いとも間違っているとも言えない。でもひょっとしたら、ハインツはマーリン相手にキス以上の行為に及ぶつもりなのだろうか。

彼の身体を押し戻そうとして、マーリンの手は自然にドレスシャツの胸元に置かれた。意図《いと》せず三つ目の釦に指がかかり、外れた瞬間、シャツの前が大きくはだける。

「レディ……いや、マーリン。まさか、私の服を脱がしてくれるつもりなのか？　君はキス以上の行為を望んでいるのかな？」

ひやかし半分の言葉が彼女の耳に飛び込んできた。

「ち、違います……押しのけようとしたら、釦が取れてしまって……キス以上なんて、それは殿下のほうが……」

慣れているといった誤解だけはされたくない。その一念でマーリンは必死に言い訳を繰り返した。

だが、その思いは伝わらなかったとみえる。

「君の純潔を疑っているわけじゃなくて、偶然というのはよくあること、と言いたいだけさ。君がこの部屋に逃げ込もうとしたのも偶然なんだろう？　でもこのままいくと、君は今夜にも私の子供を身籠《みご》もるかもしれない」

「本当に……本当に偶然なのです。まさか……この部屋に殿下がおいでだったとは。まして や、子供……だなんて」

「本当に？　チラッとでも考えなかったかい。グスタフより私に抱かれたい、と」

マーリンは一瞬で耳まで真っ赤に染まった。

それは言葉で答えるより、よほどわかりやすい返事だったと思う。

「ふーん、これはまた……君はなんて言えばいいのか、本当に正直だね」

「殿下、そうではありません！　そういう意味ではなくて……その、王弟殿下とは、歳が離れ過ぎておりますし……そういったこともいろいろと」

「やっぱり考えたんだ」

「殿下っ!?」

ハインツはふたたび彼女の上に覆《おお》いかぶさると、頬に軽く口づけた。

「いろんな噂はあるけど、私は問題なく女性を愛することのできる男だよ」

それが何を指すのか、すぐにはわからなかった。

だが、そう言えば流れている噂の中に『女遊びを繰り返した結果、性病に罹って不能になったという話だ』というのがあった。

マーリンは彼のことが知りたくて情報を集めたが、そこは気になる点ではなかった。だが男性にすれば一番重要で、沽券《こけん》にかかわることなのかもしれない。

あらためて、ハインツは夢の国の王子様ではないことに気づいた。実は噂話に傷つくこともあるひとりの男性。

「ああ、それから、子種のほうもちゃんとあるから、その点は安心してくれ」

「それは……試されたということですか？　では、ヴェランダル・パレスに隠し子がいるというのは……」

女性を愛せるかどうかより、子種云々《うんぬん》のほうがマーリンには大問題だ。

「なんだ、そっちのほうが気になるのか？」

思わせぶりな笑顔を見せ、マーリンの顔を覗き込む。ハインツに至近距離で微笑《ほほえ》まれては、ただ見惚れるだけになってしまう自分が情けない。

きちんとうなずき、もう一度隠し子の件を尋ねてみよう。

マーリンがそう思ったとき、襟元のリボンがスルッとほどかれた。その下に隠れていた釦が数個外され、あっという間に胸元が涼しくなる。

「きゃっ！　殿下、いきなり何を……まさか、本気なのですか？」

「本気だと言ったら？」

「おやめください。わたくしは、夫となる方以外に身体を許したくありません。生涯《しょうがい》、ただひとりと……あ、やぁん……あぁんんっ」

コルセットで押し上げた胸の谷間に、ハインツの唇が押し当てられる。キスしたときは気づかなかった。彼の唇がこれほどまでに熱を帯びているなんて。

肌が蕩《とろ》けてしまいそうな熱さに、我慢できず声を漏らしてしまう。

「やぁっ……お願いです、やめて……もう、おやめくださ……あっ、きゃあっ！」

「なんて柔らかくて可愛らしい胸だ。このまま、コルセットも脱がしてしまいたい」

「ダ、ダメです。コルセットを脱いでしまったら、ひとりでは着ることができません。こんな……こんなことが知られてしまったら」

絹タフタのドレスは前開きだったが、コルセットは背中側で留められている。

コルセットがどういう仕組みになっているのか、詳細まで教えてもらったことはない。

だが、今日もふたりのメイドが右に左に移動しながら必死に着せてくれた。そのときはマーリンも少々苦しい思いをするが、何もせずに立っているだけなので文句は言えない。

それを脱がされてしまったら、誰かを呼んで着せてもらわなくてはならなくなる。

その誰かは、マーリンとハインツの関係を清らかなものとは思わないだろう。

「そう心配しなくてもいいさ。第三王子の放蕩がまた始まった、と言われるくらいだ。父上や母上がお怒りになって、結婚しろと言われるくらいかな?」

「では……そのときは……わたくしと、結婚してくださるのですか?」

マーリンの声は震えた。

彼が何を言いたいのか、何を考えているのか、まさか今でも本当に放蕩を繰り返しているとは思いたくない。

「結婚、子供、か……君は平気なのか? 他に好きな男がいながら」

他、ではない。『わたくしがお慕いしているのはあなたです』という言葉が喉元まで込み上げてくる。

「殿下ご自身に、躊躇いがあるのではありませんか? もしそうなら、どうぞおやめになって。あなたは放蕩王子などではありません。ご自身の名誉を貶《おとし》めるようなことだけは……どうか、もうやめてください」

ギュッとハインツの袖を摑み、一心に訴えかけた。

とび色の瞳が食い入るようにマーリンをみつめる。刹那《せつな》、ハインツは何かに急き立てられるように、唇を重ねてきた。さっき以上に、息もできない激しい口づけだった。舌先で唇の裏側までなぞられ、歯列を舐めたあと唾液《だえき》を啜《すす》り取っていく。

次の瞬間、彼の手がドレスの裾から入り込んできた。

「んんっ!? ん……んん……ぁんっ」

大きな右手がドロワーズの上からさわさわと太ももを撫で、少しずつ上に向かって進んでくる。

そのまま脚の付け根まで進むと、縫い合わさっていない股の部分に触れてしまう。それは、直接大事な場所を触られてしまうことを意味する。

もっと激しく抵抗して、大きな声を上げたほうがいいのだろうか。

されるがままになっているから、彼は先に進んでもいいと誤解しているのではないか。

重ねられた唇がしだいにずれ、彼はマーリンの首筋に唇を押し当てる。チューチューと音を立てて吸われ、その場所に痺《しび》れるような痛みを感じた。

「で、でん、殿下……もう、これ以上、は……」

「真珠《しんじゅ》のように艶《なま》めく肌だな。しかも、肌触りは極上の絹だ。グスタフが欲しがる気持ちがよくわかる」

ブラウンの瞳が熱を孕《はら》んで揺らめいている。

その瞳をみつめていると、押しのけなくては、という思いがしだいに薄まっていく。このまま抱かれたらハインツに愛してもらえるかもしれない。そんな淡い期待まで頭に浮かんでしまう。

「手に入れるためなら、なんでもしてしまいそうだ。たとえこれが、君の仕組んだ罠《わな》だとしても」

「そんなこと、違いま……あ、いやっ、やめ……あぁ」

ハインツの右手が動き、ドロワーズの割れ目から内側に滑り込んだ。

これが厳格なカトリックの国なら、罪と呼ばれる行為だ。だが、シュテルン王国の国教会はそれほど厳しくない。子供をたくさん持つことが称《たた》えられる国なので、結婚を約束した男女であれば婚前であっても睦《むつ》み合うことは大目に見てもらえる。

ただ、マーリンの母は牧師の娘なので、ひとり娘に対しては『婚前交渉は恥ずべき行為』と教えた。

マーリンも母の教えに従うつもりでいたのに。だがハインツに求められたら、彼の手が下腹部に触れ、さらには秘められた場所まで潜り込むことを許してしまった。

ゆっくり、ゆっくりと割れ目を往復して、マーリンの身体を徐々に昂《たかぶ》らせていく。

「殿下……もう、ダメです……あ、あん、ダメなの……この先は、もう」

「じゃあ、やめるかい？　この先はグスタフに触ってもらったほうがいいのかな？」

マーリンは即座に首を左右に振る。

「イヤッ！　そんなこと、絶対にイヤです。わたくし、王弟殿下とは……はぁうっ！　あ、あ、あぁ……」

これまで経験したことのない、性的行為のもたらす快感だった。

未開発だった淫芽がハインツの指に囚われ、驚いて太ももを閉じようとした。ところが、逆に彼の脚を挟んでしまったのだ。

もちろんそれは、脚を閉じさせないためにハインツが仕組んだことだったが、このときのマーリンが気づくはずもない。彼はそれをいいことに、長い指で女性の最も敏感な場所を抓み、緩々《ゆるゆる》とこすって刺激を与え続けた。

マーリンは下半身が小刻みに震えて止めることができない。

ハインツの指先は小さく動いているだけなのに、どうしてこんなにも激しい感覚が襲ってくるのだろう？

直後、マーリンの耳の中にヌルッとしたものが押し込まれた。

「ひゃぁんっ！」

ハインツの舌が彼女の耳の中を舐めている。

背筋がゾクゾクして、マーリンは泣きそうになった。

「じゃあ、私に触られるのは嫌じゃない、そう言ってごらん」

耳の奥まで直接届く声。その声が聞こえなくなったときには、舌先を窄《すぼ》めて押し込まれていた。

「あっ……やぁ……そんなぁ……殿下、殿下ぁ……待って、待ってください、あ、あぁ……待って、指ま、で……動かしちゃ、やぁ」

耳に気を取られていると、下腹部への刺激が強まる。

小さかった指先の動きがふいに大きくなった。花びらを散らすかのような激しさで、彼の指が花芯を掻き乱す。痛みはないが、彼に触れられる部分が何かに縛られ、きゅうっと引き絞られるような感覚に襲われた。

「待てない。いや、もう待たない。手遅れだよ、マーリン。君は知らないだろうが、私は一度逃げ出したのに、今度は君から腕の中に飛び込んできたんだ。それも、あんな刺激的な格好で……」

意味のわからない言葉をハインツはささやく。だが、今のマーリンには考える余裕もない。

「それは……あ、そこ……ダメェ……ダメです、お願い……あ、あぁ、はぁう」

「暗がりの中、銀色の翳《かげ》りが白いドロワーズの奥に見えた。そう、今、私が触れているこの場所だ」

舌が抜かれ、耳朶を甘噛みされた。

ドロワーズに隠れた部分は掌《てのひら》全体でまさぐられ、彼のしなやかな指先が潤いを知ったばかりの蜜穴《みつあな》の縁をなぞり始める。

「待って、あ……いやぁ……あ、あ、あぁーっ！」

マーリンは意識が飛びそうだった。

今いる場所から真っ逆さまに落ちる感じがして、必死でハインツに縋《すが》りつく。わけもわからないまま、下肢がプルプルと震えた。脱力感が全身を包み込み、彼に抱きついたまま荒い息を繰り返す。

(これって……何？　わたくしは何をしてしまったの？　こんな、こんな、はしたないこと……口づけっておっしゃったのに……こんなことまで)

ハインツに文句を言いたいのに、彼女の指はシャツの袖を握り締めたまま離そうとしても離れない。コルセットに押し上げられた双丘《そうきゅう》も激しく上下し、谷間に汗が流れた。

その瞬間、ハインツの左手が彼女の太ももを摑み持ち上げた。

「あ……や……ぁん」

ソファの背もたれにかけられ、大きく開かされた脚の間に彼は入り込んでくる。オイルランプの琥珀色の光に羞恥《しゅうち》の場所を照らし出され、マーリンは驚きながらも何もできずにいた。

「悪い、マーリン。もう……我慢できない」

喘《あえ》ぐようなハインツの声が聞こえた。

その声にこれまでのような余裕はなく、彼はトラウザーズに手をかけるなり、ずらそうとする。

そのとき――コンコン、と廊下側に繋がるという扉が叩かれた。

『ハインツ殿下、侍従《ヴァレット》のエクルンドでございます。グスタフ殿下があなた様にお聞きしたいことがある、との仰せで、こちらにお越しです。入らせていただいてもよろしいでしょうか？』

グスタフの名前が聞こえた瞬間、マーリンは呼吸を止めた。

だがそれは、ハインツも同様だったらしい。彼は掌で額を押さえると、悔しそうに舌打ちする。

「チッ！　なんてタイミングだ」

そのまま黒髪を掻き上げ、大きく肩で息をしている。

『ハインツ殿下？　寝室にいらっしゃるのでしょうか？　お返事がないようでしたら入らせていただきます』

エクルンドと名乗った侍従は、すぐにでも扉を開けて入ってきそうだ。もし、ここにグスタフが入ってきたら、とんでもない騒ぎになるだろう。

ハインツのドレスシャツはよく見れば四つ目の釦も外れていて、胸どころか逞《たくま》しい腹筋まで露わだった。

マーリンのほうは、綺麗に結い上げていたはずの髪は乱れ、髪を纏めていたはずの黒いレースはその辺には見当たらない。ハイネックのドレスの胸元は大きく開かれて谷間まで見えている。ドレスの裾を直したくらいで、すぐさまどうにかなる格好ではない。

絶望的な気持ちでマーリンが悲鳴を上げそうになったとき、彼女の口元を大きな手が覆った。

ハインツは唇の前で指を一本立て、「シッ」とささやく。そして扉に向かってはっきりとよくわかる声で叫んだ。

「いや、待て！　着替えの最中だ。少し待っていただくように」

『おいでだったのですね。しかし、ハインツ殿下……あの、グスタフ殿下とお連れ様はお急ぎとのことでして』

侍従は言いづらそうに答える。

その間にハインツは立ち上がり、テールコートを手に戻ってきた。

「グスタフ殿はおひとりではないのか？」

『はい。リンデル公爵閣下を同行しておられまして……。この部屋におられるのがハインツ殿下だと申し上げましたら、公爵家の令嬢と一緒のはずだ、とおっしゃいまして』

マーリンは眩暈を覚える。

ペチコートやバッスルを階下に落とし、あの部屋にいたことがばれないように、と小細工をしたつもりだった。だがヴェロニカにでも確認すれば、すぐにわかってしまうではないか。

（ああ、わたくしはなんて愚かなの？）

後悔でいっぱいになるが、今の彼女はドレスの胸元を掻き合わせ、ソファの片隅で震えることしかできない。

そんなマーリンの身体に、大きなテールコートがかけられた。

「どうして泣くんだ？」

「もう……おしまいです。ごめんなさい、わたくしのせいで……殿下の名誉を傷つけてしまうなんて」

マーリンの瞳から大粒の涙が溢れた瞬間、彼は初めて会ったときのような人懐こい笑みを浮かべた。

それは、ついさっきまで動揺していたとは思えないほどの余裕の微笑み。彼はいつの間に、ここまでの落ちつきを取り戻したのだろう。

「長い間、王子の身分などどうでもいいと思っていた。でも、君が価値を与えてくれたんだ。だから……約束は必ず守る」

マーリンが目を見開いて彼をみつめたとき、ふたたび扉が叩かれた。それもさっきとは違って、殴るような激しさだ。

『わしだ！　リンデル公爵家の娘はわしの婚約者だぞ。もし、ここにいたらただでは済まさんからな。入るぞ、ハインツ！』

　ハインツの返答も待たず、扉は一気に開かれた。


　テールコートをギュッと握り、マーリンは息を止めて罵声を待った。

　だがハインツは入ってきたふたりに臆《おく》する様子もない。ドレスシャツの前がさらにはだけるのも気にせず、マーリンの横に悠然と腰を下ろす。

「なっ……なんだ、これは!?　マーリン、おまえはわしの妻となる女なんだぞ。それを、それを……」

　グスタフはわなわなと唇を震わせ、顔を真っ赤にして睨《にら》んでいる。

　それもそのはず。この部屋で何が行われていたのか、説明しなくても一目瞭然《いちもくりようぜん》というふたりの格好だ。

「マーリン！　おまえという奴は、なんという恥知らずなことをしてくれたんだ。王弟殿下から妻にと望まれながら、ハインツ殿下の部屋に入り込むとは。母親の身分が低いと、こんなふしだらな娘に育つものなのか。ああ、嘆かわしい！」

「おい、ハインツ。まさかとは思うが、わしの婚約者に手を出してはおらんだろうな。そんな真似をしておったら、陛下に……兄上に言いつけてやるぞ!!」

ふたりは交互に、王宮中に響くような大声を上げる。

トビアスは無遠慮にもソファの近くまでズカズカと歩み寄り、マーリンに手を伸ばした。

「さあ、来るんだ! 医師に見せておまえの純潔を確認してもらう。その上で、おまえは王弟殿下の妻となるんだ。ほら、早く――」

トビアスの手がマーリンに触れる直前、ハインツが彼女を抱き寄せ、身を乗り出してトビアスを振り払った。

「な、何をなさるのですか、ハインツ殿下」

「やかましい、黙れ! 私の婚約者に気安く触るな」

それは初めて耳にする、ハインツの怒声だった。マーリンだけでなく、グスタフやトビアス、侍従のエクルンドまでもが目を丸くしている。

そんな中、トビアスはひたすらマーリンに向かって文句を言い続けた。

「婚約……まさか、おまえはそんなこと、言わなかったじゃないか。そ、そうだ、一度も聞いてないぞ。公爵である私が認めていない以上……」

「残念だが、あなたの許可はいらない。私は先代のリンデル公爵に婿候補として夜会に招かれ、内々に婚約を済ませたのが半年も前だ」

「そ、そ、そんな、マーリン……どういうことなんだ⁉ 私に何も言わないとは。兄上も兄上だ。書状一枚残さず、そんなこと……」

相変わらず、彼はマーリンにのみ質問してくる。どうやら後ろに立つグスタフの気配が気になって仕方がないようだ。

だが、マーリンも言葉を失っていた。

ハインツのあまりに突飛な言い訳に、どうフォローしたらいいのかもわからない。余計なことを口走り、逆に足を引っ張ってはいけないと口を堅く引き結ぶことしかできない。

すると、そんな彼女の耳元で「それでいい。何も言わず、私に抱きついていろ」とだけハインツはささやいた。

「あなたは公爵でありながら、そんなこともわからないのか？ 王太子が定まるまで、私は公爵家の婿にはなれない。だから、婚約は内々にとどめたのだ」

マーリンはその言い訳に感心したが、トビアスは納得できなかったようだ。

「そ、それでしたら、婚約は正式なものとは言えない。第一、国王陛下もご存じないことでは？ 陛下がお認めにならないことには……」

「いいや、婚約は正式なものだ。なぜなら、半年前に私たちは愛を交わしてしまったのだから」

室内には目に見えない動揺が走った。

誰より驚いたのはマーリン自身だろう。ハインツはなんでもないことのようにさらりと言うが、それはすでに彼女が処女ではない、と宣言したも同然だった。

「ああ、リンデル公爵。彼女がそのことを話さなかったのは、私の名誉を守ろうとしてのこと。今夜、父上に許可をいただき、婚約を発表するつもりだったのでね。不幸中の幸いと言うべきか、彼女は婿を取る必要がなくなり、私たちは王太子が定まるのを待つ必要がなくなった」

ハインツのとんでもない釈明《しゃくめい》に、グスタフは激昂《げっこう》するのではないだろうか。マーリンは恐る恐る顔を向けたが、予想外にも極めて冷静にグスタフは言い放った。

「なるほどな。生娘にしては色っぽいと思ったら、そういうことか。相変わらず、やることが素早いな、ハインツ」

「お褒めにあずかり光栄です。こうなれば一日も早く息子をもうけ、父上や母上に安心していただきたいと思っております」

それはハインツが、王太子の座を狙った〝子作り宣言〟とも受け取れる。

同じことをグスタフも思ったのか、ハインツとの間に火花が飛び散った気がした。

「放蕩王子は返上か。まさかおまえが本気になるとはな。女のため、いや、その小娘に尻でも叩かれたか」

グスタフはチラッとマーリンに視線を投げた。しかし、ほんの数時間前とは違って、それは完全に白《しら》けた視線だ。

「お、お待ちください、殿下……王弟殿下。本当かどうか、わかったものではありません。ぜひ、医師の診察を待ってから」

「馬鹿者！　あのハインツが手も出さずに婚約などと口走るわけがなかろう。どうせ、娘のベッドに忍び込んだところを父親にでも見つかり、内々の婚約で逃げたのだろうがな。だが、娘のほうがおまえより一枚上手だったと見える。わしと貴様の間で交わした約束はすべて白紙に戻す、異論はないなトビアス」

吐き捨てるように言うと、グスタフはさっさと部屋から出ていった。

「さて、リンデル公爵、あなたにも出ていっていただきたいのだが」

すべてが終わったかのようなハインツの声だった。

だが、トビアスは承服しかねたようだ。

「……わかりました。ただし、私はマーリンの後見人です。王宮を失礼するときは、その娘も連れて帰らせていただきますぞ」

トビアスの声は窮鼠《きゅうそ》となり、ハインツに嚙みついてきた。

だが、言葉の内容そのものはおかしなものではない。きちんと身なりを整える時間さえもらえたら、彼と一緒に公爵邸に戻るのが筋だろう。

マーリンはそう考えたが、ハインツは違ったらしい。さらに力を込めて彼女を抱き締め、決してトビアスに引き渡そうとはしなかった。

「残念ながら、それはできない」

「なぜでしょう？　私はマーリンの叔父ですぞ。仮に陛下がお認めになったとしても、一旦公爵邸に戻り、日取りを決めて嫁がせるのが普通ではありませんかな？」

「見てわからないのか？　今回は普通ではない。私たちは半年ぶりに再会し、情熱のままに求め合ってしまった。彼女はすでに、未来の王子を身籠もっているかもしれないのだ。念のため、マーリンの身柄は母上に預けることにしよう」

　ハインツは勝ち誇ったように、悠然と構えている。

「どうしたのだ、リンデル公爵。あなたは公爵家の娘を王妃にするべく、グスタフ殿との婚約を計画したのだろう？　第三とはいえ、この私も王子だ。相手が変わったところで不都合はあるまい。それとも、他に理由でも？」

　ハインツの質問はトビアスにとって都合の悪いことだったらしい。ろくに返事もせず、彼はほうほうの体で部屋から逃げ出した。

　部屋の中につかの間の静寂が訪れる。

　マーリンが口を開こうとしたとき、横から興奮したような声が上がった。

「ハインツ殿下、ご婚約おめでとうございます！　この日が来るのを、王家に仕える私どもは待ち侘《まわ》びておりました。いえ、私どもだけでなく、陛下や王妃様も同じでございましょう。早速、お知らせに上がらなくては！」

侍従のエクルンドだ。四十代半ばといった辺りか。彼はかつて、美しい金髪をしていたのだろう。少ない頭髪からその名残が窺《うかが》える。そして、黒い瞳は、とても温かだった。その見るからに真面目そうなエクルンドの感動のあまりに上《うわ》ずっている。

「王宮に出仕して早二十七年！　それはちょうど、ハインツ殿下がおぎゃあとお産まれになったのと同じ時期でございます」

滔々《とうとう》と語り始めるエクルンドを前にして、どうしていいのかわからないのはマーリンだけではないようだ。

ハインツも呆気に取られたような顔をして、「お、おい」と小声で呟いている。

「十代の、それも見習い侍従になったばかりの私に、陛下は第三王子のお世話を命じてくださったのです！　あのお小さかった王子に花嫁をお迎えする日が来ようとは!!」

拳を握り締めて語っていたエクルンドだったが、さすがにハインツとマーリンの微妙なまなざしに気づいたらしい。

彼はハッとした顔をする。

「ああ、私としたことが……。レディ・マーリンにはお支度のお手伝いが必要でございますね。すぐに侍女《レディーズメイド》を手配いたしますので、少々お待ちくださいませ」

そう言い残すと、エクルンドはベテラン侍従とは思えない浮かれっぷりで、廊下を小躍りしながら走っていく。

「ははは……なんか、まいったな。まさか、エクルンドがあんな状態になるとは」

まんざらでもなさそうに笑うハインツを見ながら、あらためてマーリンは大きく息を吸い――。

「ハインツ殿下、婚約なんて口にしてしまって、どうするのですか!?」

マーリンはテールコートで胸元を隠したまま、叫んだのだった。

エクルンドが国王のもとへ報告に行ってしまったあと、マーリンはソファの上に呆然と座り込んでいた。

内々に婚約が成立していて、さらには身体の関係まである。そんなことを口にしてしまえば、大騒ぎになることくらい、ハインツにもわかっていたはずだ。

このまま話が進んでも、マーリンは好きな男性の妻になれるのだから不服はない。

だが、ハインツはどうするつもりだろう？　彼は領地に、身分が低いため結婚できない女性とその子供を待たせているのではないか？

「秘策の効果は抜群だったろう？　グスタフは初物好きなんだ。私が手をつけた女性を、横から奪うわけがないからな」

マーリンの心配をよそに、彼は愉快そうに笑う。

「殿下、笑っている場合ではありません。侍従の方が国王様のもとに、報告に行ってしまったのですよ！」

「だから？」

「お叱りになられるに決まっています。国王様や王妃様を蔑《ないがし》ろにして、勝手に婚約を決めてしまうなんて……いえ、事実でなくとも、王弟殿下やわたくしの叔父の前で宣言してしまいました。撤回は容易ではないと思います」

第三王子としての立場を考え、マーリンは本気で心配していた。

少しするとハインツは、複雑そうなため息を吐きつつ、彼女からスッと離れていく。

「殿下……あの、お怒りでしょうか？」

心配ばかりが先に立ち、ある意味、身を挺《てい》して庇《かば》ってくれたハインツに感謝の言葉すら伝えていなかった。気遣いが過ぎて肝心なことが言えず、彼を怒らせてしまったと思うとなんともやるせない。

「申し訳ありませんでした。元はと言えば、わたくしがバルコニーに飛び下りてしまったからですのに」

「いや、そうじゃない。怒ってるのは私ではなく、君のほうだろう？　人前で〝純潔ではない〟と宣言してしまったんだ。好きな男にすべてを捧げたいと言ってる君に、いろいろなことをしてしまったし……」

言葉にされたら、そのいろいろなことを思い出してしまい、マーリンの身体は熱くなっていく。

「そ、それは……そのことは、もう忘れますので、どうか殿下もお忘れください」

「忘れる、か。では、好きな男にも嘘をつくということか？」

「そうではありません。申し上げたはずです。その方はわたくしに求婚してくださらなかったと。殿下との噂で求婚者はひとりもいなくなるかもしれません。でも、誰とも結婚せずに済むなら……いっそ、そのほうが気は楽かもしれませんね」

マーリンはやっと全身の緊張がほぐれ、安堵の笑みを浮かべた。

国王に事情は説明するにせよ、ハインツとの噂は今後ついて回るだろう。でもそのおかげで求婚者がいなくなれば、結婚を先送りにできる。もう少し歳を取れば、家庭教師や話し相手といった仕事も見つけやすくなるはずだ。

（叔父様のお世話にならなければ、結婚問題も自分で決められるはず。そのときは、ずっとハインツ殿下のことを思ってひとりで暮らしていけるわ）

それは嬉しいはずのことだった。

だが、たった今、マーリンは彼の唇を知ってしまった。羞恥の場所をハインツに許し、女としての悦《よろこ》びの欠片《かけら》を手にしてしまったのだ。

この先、ヴェランダル産の白薔薇を目にするたびに、ハインツのことを思い出すだろう。そしてその甘い香りに包まれるたび、彼の指先を思い出して身体が疼《うず》くに違いない。もう一度口づけて欲しい。できれば身体に触れて欲しい。

彼の名前を口にするだけで胸が熱くなった少女の心は、親密に過ごしたわずかな時間で淡雪《あわゆき》のように消えてしまった。

安堵はしだいにハインツとの別れが近づく寂しさに変わり、マーリンの表情を曇らせる。

「だったら、私も気が楽だ。君がとっくにその男を射止めるつもりはない、と言うなら……安心して芝居を続けられる」

「……し、芝居？」

突き抜けたようなハインツの明るい声に、マーリンの寂しさは吹き飛んだ。

「当たり前じゃないか。今、私の傍から離れたら、新公爵が何をたくらむかわからないぞ。グスタフだって同様だ。さっき言ったとおり、母上に預かってもらうという形なら、後見人といえども手は出せない。君は王宮にとどまって、先のことを考えるべきだ」

ハインツの言うことは正しい。

正しいが、いったいどういう理由でマーリンを王宮にとどめるというのだろう？

彼女の疑問にハインツはあっけらかんと答えた。

「決まっている。私の婚約者として、だ」

「そんなことはできません。そんな、国王様や王妃様に嘘はつけません！」

「それほどまでに、私の婚約者を演じるのは不満か」

「違います。わたくしが言っているのはそういうことでは……」

不満ではなくて、期待してしまうのだ。このまま、妻にしてもらえるのではないか、と。

だがマーリンの問いかけに、ハインツは一度もイエスと答えてはいない。

「君の身の振り方が決まったら、やっぱり結婚する気がなくなった、と言うさ。その足でヴェランダル領に逃げ帰る。やっぱり第三王子は無責任極まりない、となれば……王太子への期待もなくなるだろう」

「殿下……ハインツ殿下は、そんなに王太子になりたくないのですか？　ひょっとして、放蕩王子と呼ばれるような態度を取られたのも、領地から出てこられないのも……」

彼が変わったのは六年ほど前と噂されている。

だが、ひょっとしたら変わったわけではないのかもしれない。彼はもともと、王太子への期待を向けられないために、放蕩者の振る舞いを続けていたのだ。

しかしなんのためだろう？

「そんな大層なことじゃないさ。次期国王とか、面倒なことが嫌いなだけだ。第一、私にそれだけの器はない」

「何を言われるのですか？　ハインツ殿下は王太子に立たれてもおかしくない方です。まあ、あの……男系の家系から妻を選ぶ、とか。子供が産まれないから離婚する、とか。そういった考え方には同意できませんが」

あまり言いたくないが、第一王子のアランのことだった。

夫婦の同意さえあれば、この国の国教会は比較的容易に離婚を認めてくれる。もちろん離婚した女性の立場は弱い。仮に、離婚理由が夫の不貞であっても、悪く言われるのは妻のほうなのだ。それでも離婚を望む女性があとを絶たない。いかに横暴な男性が多いか、わかろうものだった。

その原因のひとつに、やはり男の王しか認めないという王室法も大きく関係していた。王家が後継者に男子しか認めていないのだ。王家に従う貴族が娘に継がせるわけにはいかない。ましてや庶民であれば尚のこと。

アランはその筆頭で、子供の産めない最初の妻と二番目の妻を次々と追い出した。彼女らは肩身が狭い思いをしたため、遠い親戚を頼って国を出たという。彼女らが今どうやって暮らしているのか、マーリンには知りようもないことだが、幸せになっていて欲しいと思う。

「私も同意だ。成人したらすぐに妻を得て子作りに励《はげ》め——なんて、種馬《たねうま》のように扱われるのはごめんだ」

「そんなことを……？」

国王夫妻はもちろんそんなことは言わない。だが、王室関係者、各大臣、議会の貴族から顔を合わせるたびに言われ続けたという。

「とにかく、私には兄がふたりもいるんだ。王子の身分にある者が何人も王宮にいたら、出世のために余計なことを考える人間が増えるだろう？　たとえば、新公爵みたいな」

わかりやすい例である。

ハインツが王太子の地位に色気を見せたら、『娘を差し出しましょう、その代わり……』と言い出す者がどんどん増えるはずだ。

「今日の夜会に呼びつけられたのも、父上が私の結婚を諦めていないせいだ。隙を見せず、早急に結婚相手を決めればなんの問題もない、と言われてしまった」

「それは、たしかに……でも、国王様はハインツ殿下にも幸せになっていただきたいのではありませんか？」

「だが、子供ができなかったらどうなる？　何人も続けて娘だったら？　君は言ったよな――愛は身分より尊い、と。だから、私は愛する女性とだけは結婚したくない。過酷な運命を背負わせたくない。ずっとそう思ってきたんだ」

それはハインツの心からの言葉に聞こえた。

彼は今、愛する女性の姿を思い描《えが》きながら話している。マーリンは切ない思いを隠し、ひたすらハインツの言葉に耳を傾ける。

「周囲から、責任を放り出して逃げ出すような腰抜けと思われたい。二度と、結婚しろと言われないように……。私がそんな真似をすれば、君の立場や名誉を守るために、父上は尽力してくれるだろう」

「でも、国王様や王妃様を偽《いつわ》ることになります」

「君につらい思いをさせてるのは、王室法のせいで欲を掻いた連中だ。そして、同じような思いをする女性を救うことに繋がる。アランはともかく、カールには近い将来子供も授かるはず。そうなれば、両親も初孫に夢中になるだろう。誰も私のことなど気にしなくなる――ほら、誰が損をするんだ?」

その説明はあまりに見事で、マーリンは思わずうなずいてしまっていた。

☆　☆　☆

真珠の間――白と金色を基調にした上品かつ瀟洒《しょうしゃ》な部屋だった。
国王が国賓を迎えるために使う部屋とされていて、天井を見上げると大きなシャンデリアがふたつ吊されている。その間に見える天井画には愛らしい天使たちの、地上界の人々を見守る姿が描かれているという。

大きな柱の一本一本に素晴らしい彫刻が施され、要所要所に金が使われていた。各扉の上には真珠貝の形を表した装飾があり、それは本物の真珠を使って作られたものだ。その大量の真珠を使った美しい装飾が、部屋の名前の由来となっている。

国王と王妃の椅子《いす》は背もたれがひと際高く、肘掛けの幅もゆったりと取られていた。遠目にもマホガニーの逸品とわかる。しかも座面の縁飾りにまで真珠が使われているようだ。

さすが、国賓を迎える部屋というだけはある。そんな感動を胸にマーリンがため息をついたとき、奥の扉が開いた。

侍従や侍女たちが一斉に頭を下げる。マーリンもお辞儀をしようとしたが、「まだ早いよ」と隣に立つハインツから小声で言われ、ジッと正面を向いていた。

こんなに緊張したことは生まれて初めてだ。

デビュッタントの舞踏会でも国王夫妻との謁見《えっけん》があった。しかし、両親が一緒だったせいか期待感が先立ち、終始ワクワクしていたのを覚えている。

（あの日とはとても比べられないわ。なんといっても、理由が理由ですもの）

国王夫妻も侍従からおおよその話は聞いたはずだ。

国王に相談もせず、マーリンの父と内々の話し合いで婚約したことを叱られるに決まっている。あるいは、迂闊《うかつ》にも結婚前に深い関係を持ってしまったことを。またあるいは、この王宮で密会していたことを。

そのどれもがハインツによる創作だが、ここでは真実として通さなければならない。

国王夫妻は着席せず、まず、国王がハインツに声をかけた。

「ずいぶん久しぶりだな、ハインツ。首都まで出てきても、この王宮には近づこうともしないおまえが……。さて、見覚えのあるレディだが、おまえの口から紹介してくれないか」

細身の国王はハインツと同じ黒い髪ととび色の瞳をしていた。子供のころはおそらく、父親にそっくりだっただろう。

「はい。先のリンデル公爵のご令嬢、レディ・マーリン・エレン・オスカーションです」

マーリンはドレスのスカート部分を抓むと、楚々として膝を折りながら会釈した。

「それだけかな？」

「実は……半年前に結婚の約束をしました。王太子が決まりしだい、私は王子の身分を捨てて公爵家の婿養子になる、と。しかし三ヶ月前、母親に続き父親の公爵まで亡くなり、婿養子に入る必要がなくなってしまいました。ですから……父上のお許しさえいただければ、彼女とはすぐにでも結婚したいと」

マーリンは会釈したまま顔が上げられない。

すると、鈴を転がしたような笑い声が室内に流れた。

「ほほほ……。〝結婚の約束〟をしたのは、半年前だけではないでしょう？　この王宮でも、しっかりお約束なさっておられました、とエクルンドから聞いておりますよ」

王妃、ジャクリーヌの瞳は透き通るようなエメラルドグリーンをしていた。薄茶色の髪はできる限り真っ直ぐに伸ばして結い上げているが、実は強い癖毛のようだ。額や耳の横に落ちた数本の髪が、バネのようにクルクルと縮れている。

顔色の悪く見える国王に比べ、王妃の頬は薔薇色で血色もよく、全体的にふっくらとしていて非常に健康的だ。

王妃から胸に白薔薇をつけてもらったとき、それはもう優しい笑顔を向けられたことを思い出す。

今も愉快そうな声でハインツに話しかけているが、その笑顔が今にも凍りつくのではないかと思い、マーリンは怖くて前が向けない。

そんな彼女の様子を察してくれたのか、ハインツはさりげなく庇ってくれた。

「否定はしませんよ、母上。すべては私の迂闊さゆえです。お叱りはあとでたっぷり聞きますから、どうかこの場で彼女を責めるようなことだけは……」

「まあ、いったい誰を責めるというの？　あなたの口から『すぐにでも結婚したい』なんて言葉が聞けるだなんて、まるで夢のようですよ。あなたに素晴らしい恋の魔法をかけてくれたレディに、心から感謝しなくては」

マーリンが驚いて顔を上げた瞬間、王妃が手を伸ばして抱き締めてくれた。

「お父様やお母様を亡くされて、さぞかし悲しかったでしょう。でも、もう大丈夫。これからは陛下を父と、わたくしを母と思っていいのですよ。ハインツは長く卵の殻《から》をお尻につけた雛鳥《ひなどり》でしたが、ようやく一人前になったようです。あなたのおかげよ、マーリンと呼んでもよろしいわね？」

王妃の広く温かな心に触れ、マーリンは涙が零れ落ちた。

「はい……はい……王妃様。どうもありがとうございます。わたくしは、なんとお礼を申し上げたらいいのか……わたくし」

はらはらと涙が頬を伝い、上手く言葉にならない。

「これは困ったな。すっかりジャクリーヌにお株を奪われてしまった。早速、新しい娘に歓迎の抱擁《ほうよう》をしたいのだが……私まで追い払ったりはしないだろうね？」

国王はハインツのほうを見て笑いながら言う。

「それはどういう意味でしょう？」

「エクルンドに聞いたぞ。血相を変えて、グスタフを追い払ったそうじゃないか。いやいや、実に喜ばしいことだ」

そのあと、国王からも抱擁を受けた。

エクルンドをはじめ、王宮職員たちも終始笑顔だ。王宮内で密かに会っていたことも一切咎《とが》められず、それどころか王妃は上機嫌である。

「王宮で恋人と会ってはいけない規則があったかしら？　仮にあったとしても、若いのだからそんなものは無視なさい。それくらいの情熱がなくては、子供だって授かりませんよ」

――男の子でも女の子でもいいから、ぜひ孫を抱かせて欲しい。王太子の条件や国教会など、外野のことは気にせずに仲よく過ごしなさい。第一、第二王子夫妻との顔合わせは落ちついてからにしましょう――そんなことを次々と言われる。

さらには、結婚に関するすべての準備を滞りなく進めるためと言われて、その間、マーリンは王宮に滞在することが決まったのだった。


（国王様や王妃様にあんなに喜んでもらえるなんて……）

夜会はまだ続いている。さすがにハインツのエスコートで出るのは早いと判断され、マーリンは必死の思いで逃げ出した国賓用の控えの間に逆戻りしていた。

一方、ハインツは全く顔を出さないのもまずいだろう、という話になり、挨拶をしてくると言って大広間に向かったきりだ。

先ほどと違い、部屋の隅には三人もの侍女が控えている。だが、マーリンと歳の変わらない十代の少女たちばかりだ。彼女たちは失敗を恐れているのか、マーリンの近くにはお茶を淹《い》れるときしか近づいてはこなかった。

(今夜はこの部屋で眠ることになるのかしら？　でも、ベッドルームはなかったと思うのだけど……)

王宮に置いていただけるのだから、贅沢《ぜいたく》は言いたくない。ここで休むよう言われたら、従うつもりでいる。しかし、侍女たちの前で夜会用のシューズを脱ぎ、ソファに横たわるわけにはいかない。

マーリンはソファに浅く腰かけ、美しい姿勢を保ちながら欠伸《あくび》を噛み殺していた。

実を言えば、日付を回るような夜会には出席し慣れていないのだ。グスタフが言っていたとおり、マーリンの父は娘を他家の夜会には決して行かせようとはしなかった。唯一の例外が、この王宮で行われたデビュッタントの舞踏会。

長時間ウエストを締めていることもあり、疲労と空腹で身体がフラフラしている。

(ああ、早く全部脱いでしまいたい。でも、ダメ……気を抜いては絶対にダメよ。ここは王宮なのだから。ハインツ殿下のお言葉を信じて、婚約者のお芝居をすると決めたのは、わたくし自身ですもの)

マーリンが心の中で自らを叱咤《しった》していたとき、扉が叩かれた。入ってきたのは王妃付の侍女であるアンだった。二十代半ばから後半といった年齢だろうか。真珠の間からこの部屋まで案内してくれたのも彼女だ。

「お待たせいたしました、マーリン様。お部屋の用意ができましたので、ご案内させていただきます」

亜麻色の髪をしたアンは、黒に近い紺色の瞳を輝かせながら微笑んだ。

「まあ、他に部屋を用意してくださったの？　夜会で忙しいというのに、それもこんな夜遅くに……わたくしのせいで、余計な仕事をさせてしまってごめんなさいね」

マーリンが申し訳ない気持ちで謝ると、途端にアンは目を潤ませ始める。

「あの……何か失礼なことを言ったかしら？」

「いいえ、マーリン様！　私たちはみんな、マーリン様のような方がプリンスの花嫁になられるのをお待ち申し上げておりました！」

「そ、そんな、大げさに言わないで……でも、わたくしのような？」

三番目とはいえ、次の国王となるかもしれない王子の妃。未来の王妃ともなれば、他国の王女から選んでもおかしくない。ただ、厄介《やっかい》な王室法が原因で国際問題に発展してはまずいことから、我が国の王室に他国の王女を迎えたことはなかった。

かたや、マーリンは先代リンデル公爵の長女。オスカーション家は北部に広大な領地を持つ大領主だ。両親を失い肩身が狭い思いをしているが、彼女の出自が変わったわけではない。

しかし、際立って男系とは言いがたく、多産でもない。母に至っては六人姉妹の長女で、男兄弟はひとりもいなかった。それを思えば、マーリンはプリンスの花嫁にふさわしくないのではないか、と思う。

だが、そんな心配をよそに、アンはたびたび振り向き、マーリンの顔を見ながら嬉しそうに話し続ける。

「素敵なロマンスに決まっておりますわ！　ご不幸続きで長く会えなかった恋人同士が、王宮の夜会で秘密の逢瀬《おうせ》だなんて!!」

アンがそう言った瞬間、「キャー！」と黄色い声が上がった。マーリンの後ろを歩いていた三人の若い侍女たちは、真っ赤になって頬を押さえている。

「ちょっと待って。あの、ロ、ロマンス、とか……逢瀬、とか」

何がどうなってそんな〝秘密の恋〟みたいな話になっているのだろう。

「エクルンドさんに聞きましたもの。寝室まで行かずに、居間《シッティングルーム》のソファで寄り添っていらしたって。ハインツ殿下はマーリン様を片時も離そうとせず、横取りしようとしたグスタフ殿下を叩き出したって」

アンはうっとりした表情で夢見るように語っている。

思わず立ち止まって呆然としていると、突然、アンがマーリンの両手を握ってきた。

「ハインツ様はすぐに男のお子様を作って、王太子の座に就くことを宣言されたと聞きました！」

「え？　そっそんな、まさか……」

「私たちはみんな応援しております。神様もお味方ですから、どうぞ、安心して仲よくなさってくださいませ」

「……」

「王妃様付となって十年、あんなに嬉しそうなご夫妻を拝見したのは初めてでございます。それに……末王子様もご立派になられて」

今度は目をウルウルと潤ませている。

（国王様と王妃様だけではなかったわ……どうしましょう、こんなに歓迎していただいてしまって）

とんでもないことになってしまった。

だが、こうなってしまっては、逃げ出すわけにもいかない。マーリンは一歩一歩王宮を奥へと進み――。

第三章　愛のない求婚

王宮の廊下を進むと、突き当たりにアーチ形の扉があった。アンが押し開けた瞬間、甘い香りが廊下の中まで入り込んでくる。

「これは……この香りは」

マーリンがアーチをくぐると、アンも続いてきた。他の侍女たちは中庭まで入ってこないようだ。

「はい。シュテルン王国が誇るヴェランダル産の白薔薇でございますわ」

ハインツに抱き締められた感じがする。

マーリンの足は一瞬で動かなくなり、動揺を隠すように辺りを見回した。

中庭の瓦斯灯に照らし出された薔薇の花は、真っ白より淡いオレンジ色に光って見える。

ヴェランダル産は白薔薇の中でも大ぶりで、花びら一枚一枚の作りが大きい。小ぶりの花は最内の花びらまで真っ白になりやすいが、大ぶりになると内側の花びらに他の色が出てしまうのだという。ほんのりと赤やピンク、イエローの色合いが加わる白薔薇も美しい。でも、混じり気がなく真っ白に咲き誇るのがヴェランダル産の特長なのだ。

マーリンはそのことを思い出しながら、ジッと目を凝らして花びらをみつめる。

やはり全体に淡く色づいているようで、瓦斯灯のせいだとわかっていても不思議な気持ちがした。

「マーリン様のお考えはよーくわかりますわ。ぜひ、昼間にご覧くださいませ。庭一面が真っ白でございますから」

「ええ、そうなのでしょうね。でも、こんなに濃厚な香りだとは思わなかったわ。もっと……こう、スッキリしたイメージを持っていたから」

ハインツの移り香や、贈られた花束はもっと爽やかな甘さだった。量の問題かもしれないが、この中庭に立っていると噎《む》せるような甘さに酔ってしまいそうになる。

「そうでございましょう？　市内に咲く白薔薇の多くは、これほどの香りはしませんもの。やはり白薔薇はハインツ殿下の領地で栽培《さいばい》されております、ヴェランダルの花が最高でございますわ。王妃様もことのほかお気に召されて……」

「す、素晴らしい中庭ね。でも、部屋というのは？」

確か、部屋の用意ができた、と言って案内してこられたはずだ。

アンに悪気はないのだろうが、黙っていると延々話が続きそうなので、思わず遮ってしまう。

「あ、失礼いたしました。お部屋は、こちらの中庭に建てられております離れにご用意させていただきました。王宮内で最も美しい、最高級のお部屋でございます」

「それは、ひょっとして国賓のための離れということかしら？　そんな特別な部屋を、わたくしなどが使わせていただくわけには……」

「いえ、とくに国賓用のお部屋というわけではないのです。なんと言いますか……陛下がお認めになられた特別なお客様にお泊まりいただくお部屋、みたいな」

マーリンが首を捻ると、アンは一生懸命に説明してくれた。

王宮の中庭に建てられた離れは〝白夜宮《びやくやきゆう》〟と呼ばれる。ちなみに〝不夜宮《ふやきゆう》〟という別名もあった。

この〝白夜宮〟は三代前の国王が建てた離れだ。離れの存在を隠すように、中庭に溢れんばかりの白薔薇を植えたのもそのときだった。

三代前の国王には息子がひとりしかいなかった。ところがなかなか後継ぎに恵まれず、息子夫婦がなるべくふたりきりで過ごせるようにと、この離れを造った。王宮の回廊から見えないように、内側には四季咲きの白薔薇が植えられ、真冬以外は常に目隠しがあるのもそのためだ。

ただ、建物自体はそれほど広いものではない。一階に居間があり、二階に寝室と専用の浴室があるのみという。

「その離れをわたくしのために？」

第三王子の花嫁となるマーリンのため、ということは、やはり男の孫を期待しておられるに違いない。

「陛下の、と言いますか、王妃様のご希望でもあります。なんといっても、王宮内で最もおふたりにふさわしいお部屋ですもの。ただ、本当に小さな建物でして……実を言えば、王宮からもっと離れた場所に正式な離宮を造ろうとなさったそうです。でも王太子が空位というのは、当時はいろいろと危険もあったらしくて……。ああ、ご安心くださいませ。今は時代が違いますし、第一、この中庭に不審者は入り込めませんから！」

マーリンは相槌を打つだけで必死だった。

アンのように朗らかでよくしゃべる女性は初めてだ。とくにここ半年、最低限の言葉しか口にしないヴェロニカのような女性が傍に控えていた。それ以前も、礼儀にうるさい年老いた乳母が若い子守女中《ナースメイド》たちを監督《かんとく》していたこともあり、マーリンの周囲は実に静かなものだった。

王妃も明るく機転が利き、相手が国王であっても思ったことをハキハキと口にする性質《たち》ではないだろうか。

容姿は国王似のハインツだが、中身はきっと王妃に似ているのだろう。

「あの……ひとつ聞いてもいいかしら？」

「私に答えられることでしたらなんなりと！」

「この〝白夜宮〟に住まわれたご夫妻にお子様は？」

「はい！　無事に男のお子様が誕生なさいました。そのお子様は後に国王となられ、ハインツ殿下のおじい様に当たられる方でございます」

マーリンは少しホッとした。

白薔薇のトンネルをくぐり抜けると、こぢんまりとした建物が目に映る。それはちょうど三代前の国王の時代、今から百年ほど前に流行った豪華絢爛《ごうかけんらん》なロカイユ調の建造物だった。

建物の中は甘い香りが緩和され、清々しい空気に満たされている。

エントランスは二階までの吹き抜け。二階へは螺旋《らせん》階段で上がるようになっていた。柱や窓枠、扉等々、随所に施されているのは、ロカイユ調の代表ともいうべき蔦《つた》の絡まる植物を表現した曲線美。

凝縮された豪華さに圧倒され、マーリンは立ち尽くすだけだ。

「それでは、朝になりましたら、お食事を運ばせていただきます。ごゆるりとお過ごしくださいませ」

アンはそのまま引き揚げてしまう。

ハッとして呼び止めようとしたときには、もうすでに彼女の背中は見えなくなっていた。

(そんな……離れの中は案内していただけないの？　それに、いくら安全といっても、わたくしひとりで過ごすなんて)

親切なのか不親切なのかわからず、

「着替えを手伝っていただきたかったのだけど。ああ、コルセット……ひとりでは脱げないのに、どうしましょう」

マーリンは大きな疲労を感じてため息をつく。

そのときだ。カツンと音がして、続けて螺旋階段を下りてくる足音が聞こえた。マーリンは慌てて振り返る。

「大丈夫だよ。コルセットは私が脱がしてあげるから」

「殿下!?　ハインツ殿下……どうしてここにいらっしゃるのですか？」

先ほどと同じテールコート姿だった。とくに着替えもせず、大広間から直接ここにきたようだ。

「こ、こんな場所で、ふたりきりになったりしては……国王様や王妃様がお知りになったら、どう思われるか……。殿下が出ていってくださらないなら、わたくしが」

「ちょっと待った！」

マーリンは慌てふためき、入ってきた玄関扉に向かう。

するとこちらも慌てて螺旋階段を駆け下りてきたハインツに腕を掴まれた。

「待てって。私は無断で入ってきたわけじゃない。もちろん、父上と母上の許可をいただいて……というより、おふたりの気遣いなんだ。ほら、部屋に君を招き入れ、いろいろやってたわけだから……断るのも変だろう？」

ふたりに別の部屋を与えても、どうせ忍び会うことになるだろう。それならいっそ、仲よく睦み合える場所を与えてやればいい。その結果、早々に子供を授かったとしても、一向に問題はない。

という図式になったらしい。

「では、アンが逃げるように出ていったのも、ここに殿下がいらっしゃると知っていたからなのですね。着替えの手伝いや室内の説明は、殿下にお願いすればいい、と」

恥ずかしさを通り越し、脱力感がマーリンを襲う。

（ど、どうして、こんなことになったのかしら？　すべて、わたくしのせいなの？）

ハインツが好きな気持ちは変わらない。

彼と結婚できないのだとしたら、つかの間でも婚約者と呼ばれたいと願った。国王や王妃が今夜のふたりの行いを聞き、マーリンのはしたない行動に眉《まゆ》を顰《ひそ》められても仕方のないことだ。ハインツは心から、どちらかの兄が王太子に就くことを望んでいる。その力になれて、将来、ハインツに捨てられた元婚約者の肩書きで静かに暮らしていけたなら……。そんな気持ちで承諾したはずが、どこか違う方向に進んでいる気がしてならない。

マーリンが呆然としていると、

「まあ、そう堅苦しく考えないで。どうせ男女の仲だと知れ渡ってしまったんだ。ここは狭いとはいえ、ふたりで過ごすには都合がいい。王宮内だと一日中人目を気にしなくちゃならないから」

「人目、ですか？」

「父上や母上だけじゃない。ふたりの兄にその妃、王宮職員たち、訪れる貴族や大臣、下手をすれば周辺諸国の大使まで。どこで挨拶をしろと言われるかわからないし、迂闊なことも言えないだろう？　いろんな意味で〝白夜宮〟のほうが安全だ」

ハインツは何か吹っ切れたような、晴れやかな笑顔だった。

彼の言うことはわかるが、マーリンの心配は別のところにある。それを口に出していいものかどうか、迷っていたとき、ふいに摑まれたままの腕を引っ張られた。

「ほら、早く上においで。家具や内装もすべて、女性が好きそうなロカイユ調だ。当時のフレードリク王がドゥ・コロワ国の革命で破壊される直前、大量に手に入れさせたらしいから」

フレードリク王とはさっきアンが言っていた三代前の国王の名前だった。

彼はロカイユ調に傾倒していて、本場のドゥ・コロワ国からロカイユ調建築の技術者を大勢受け入れた。そのころ、ドゥ・コロワ国はシュテルン王国をはじめとした近隣の複数の国と戦争中だった。そんな中で革命まで勃発《ぼっぱつ》し、貴族お抱えの技術者たちが粛清《しゅくせい》される動きが出る。

フレードリク王は技術者たちを救うため、国に受け入れた。そして焼失寸前だった美術工芸品の多くを、脱出しようとする貴族たちから買い上げたのである。

階段を上がりながら、マーリンは気になったことを尋ねた。

「ハインツ殿下のミドルネームはひょっとして？」

「ああ、そうだよ。芸術王と呼ばれたフレードリク王からいただいた。でも、彼は裏では放蕩者の道楽王と呼ばれていてね、妙なところが似てしまったと父上は頭を抱えている」

「放蕩者……だったのですか？」

「フレードリク王は戦時中にもかかわらず、贅沢で華美を好んだ。私は質素なほうが好きなんだが、自分の希望や理想しか見えていないなら同じことだって言われたな」

たしかにそうだ、と思えてマーリンはクスッと笑った。

彼女自身、ふと気づけば、おとなしく手を引かれて二階に上がっている。ここまでも、反論しつつもすべて彼の言うとおりだ。

きっとフレードリク王も、ハインツと方向性は違うものの、こうやって人々を自分の希望や理想を叶える方向へ引っ張っていったのだろう。

「では、もしハインツ殿下が国王になられたら、きっと白薔薇王と呼ばれますね」

「裏では放蕩王だな」

片目を瞑《つぶ》りながらハインツは金細工の施された麗しい扉を開けた。

寝室のほぼ中央に大きなベッドが置かれている。ヘッドと足元部分のフレームはまろやかな曲線で表現され、ヘッド部分の彫刻がとくに繊細だ。ファブリックは最近のものらしく、生成《きな》りのリネンには蔓薔薇の刺繍《ししゅう》がされていた。

ベッドだけでなく、チェストやカウチソファも同じデザインだった。吊されたシャンデリアも当時のままらしく、蜜蠟《みつろう》に火を灯して使っていたのだろう。今は壁に取りつけられたオイルランプの光が室内を照らしている。

「本当に……なんてロマンティックなお部屋かしら」

「そのドレスのままじゃつらいだろう？　私が脱がしてあげよう」

マーリンはごく自然に「お願いします」と言いそうになり、慌てて別の言葉を探した。

「ダ、ダメです。そんなこと……」

「何がダメ？　第一、ひとりでコルセットは外せないだろう？」

「それは、そうなのですが」

「私たちの仲じゃないか。今さら恥ずかしがらなくても」

「ど、どういう仲ですか!?」

そこが一番の問題だった。

なんとなく黙ってこんな場所までやって来てしまったが、ここははっきりさせておかなくてはいけない。

「ハインツ殿下、わたくしは婚約者のお芝居はお引き受けいたしました。殿下に結婚の意思がなく、他に不幸な女性を出さないため。そして、わたくし自身のため、ということも否定はいたしません。ただ、国王様と王妃様のあまりの歓迎ぶりに、少々戸惑《とまど》ってはおりますが……でも、わたくしは殿下とこれ以上のことは……」

ハインツに口づけや肌を許してしまったことはあやまちだった。あれ以上の愛を交わすつもりはない。

キッパリ言おうとしたとき、困惑気味に彼は呟いた。

「そうなんだ。まさか、ここまでおふたりが喜ばれるとは思わなかった。まいったな」

「あの、殿下?」

「マーリン、申し訳ないがもうひとつ君に頼みができた」

ギクッとしながらとりあえず聞いてみることにする。

「わたくしにとって、難しいことでないといいのですが……」

「もちろん、難しいことじゃないさ。ただ、君からおふたりに、私との関係が芝居だとは言わないで欲しい。真面目な君のことだ、嘘をついているのが心苦しい、とか言い出しそうだからね」

すでにそう思っていることを言い当てられ、マーリンは少しうつむいてしまう。

そのとき、ハインツは彼女の顔を覗き込みながら、声を潜めて言った。

「これは絶対に約束してもらわないと困るんだ」

「絶対なんて……何か理由があるのですか?」

「ここだけの話、父上の体調が思わしくない。心臓がね……これ以上は口にできないが、勘弁してくれ。次兄のカールから吉報が聞こえてくるまで、婚約は続けることになるかもしれない」

ハインツが口にした『父上の体調が思わしくない。心臓がね』の言葉に、マーリンの心臓のほうが止まってしまいそうになる。

穏やかな気性の国王がこの国を纏め、周辺諸国の緊張緩和にもひと役買っている。だが国王も五十歳を過ぎており、そろそろ本腰を入れて王太子の空位を埋めなくてはいけない時期になっていた。

「わかりました。わたくしから国王様や王妃様にお話しすることはいたしません。でも、国王様のためにも吉報が早ければよろしいのですが……。あと、カール殿下だけでなく、アラン殿下にも、その……できれば」

子種云々はともかく、これればかりは授かりものなので祈るしかない。それは仮にハインツが結婚したところで同じこと。それでも、国王のためにも一刻も早く、とマーリンは祈った。

そのとき、彼女の心を読んだかのようにハインツがため息をつく。

「私の結婚、か」

「え？　あの、それは、あの、わたくしが考えたのは……」

「君も考えてくれたのか？　だったらちょうどいい。吉報の時期によっては、芝居は婚約にとどまらず、結婚まで考える必要が出てくる」

ハインツとの結婚。

そこまで芝居を続けることが果たして可能だろうか。

「殿下、とてもそこまでは」

「たった今、約束したばかりだろう？　王の寿命を縮めてまで、芝居を続けられない理由などないと思うが」

国王の寿命を盾にされては、首を横に振ることなどできない。マーリンはとび色の瞳に急かされるようにしてうなずいていた。

☆　☆　☆

ギシッと音がして、マーリンの身体は硬くなった。

ハインツが動くたびにベッドが揺れる。

（ああ……居間で寝てくださるとおっしゃるのを、引き止めたのは間違いだったかしら？）

最初はもちろん、ハインツにベッドを譲り、マーリンが一階で眠ると伝えた。すると、彼の顔色が変わった。

『レディを居間の硬いソファに眠らせ、自らは寝室のベッドで眠る。マーリン、この国にそんな男はいない』

彼は王子ではなく紳士として、一緒のベッドが嫌なら、自分がソファで眠ると言い張った。

だが、彼が王子であることは揺るぎない事実。誰も見ていなくても、そんな不敬な真似はできない。結局、マーリンが譲って彼と同じベッドで眠ることを承諾した。

思えば、着替えのときもひと苦労だった。

マーリンは絹のシュミーズの上から、黒い綿サテンのコルセットを巻いていた。ドレスの釦は自分で外し、腰の辺りでドレスが落ちないように押さえると、ハインツにコルセットの紐をほどいてもらったのだった。

『まったく、このコルセットだけは男の敵だな』

彼は長い指をしているので器用そうに見える。だが、やはり男性なので指の節が大きくて先端まで太い。細い紐の結び目をほどくのに相当苦労していた。

コルセットが脱げたとき、

『もう大丈夫です。どうもありがとうございました』

マーリンは上ずった声で懸命にお礼を言った。

しばらくの間、ハインツは彼女の背後に立っていた。それも、何も言わずに。

――ふたたび抱き締められるのではないだろうか。それとも、またキスされるのではないか？

そんな想像ばかりが頭に浮かび、身体が熱くなる。

『それはよかった。浴室に湯が用意してある。身体を拭いてサッパリするといい』

『まあ、でしたら殿下がお先に』

『私は……ちょっと涼んでくる。いいかい、マーリン。これは君のために言ってるんだ。私のいない間に沐浴《もくよく》と着替えを済ませ、ベッドに入っているように。無防備な君の姿を見たら、紳士でいられる自信がない』

全くマーリンのほうを見ず、早口で言うと彼は二階からいなくなった。

（わたくしのため、とおっしゃったじゃない。殿下はちゃんと紳士でいてくださるおつもりなんだから、余計なことは口走らなくてよかったのよ）

何度も胸の内で繰り返し、襲われる心配などせずに安心して眠っていいのだ、と思うのだが……どうにも眠れない。

ふたたび、ギシギシと音が聞こえた。今度は少し長い。

彼はいったい何をしているのだろう？

とっても気になるが、振り返って目が合ってしまったら何かが変わってしまいそうな気がする。それが怖くて振り返ることができなかった。

「マーリン……起きてるんだろう？　少し話しをしようか」

風に消えてしまいそうな、掠れた声だった。それでも、マーリンの耳にしっかり届く。

彼女は勇気を振り絞り、ハインツのほうを向いた。

「あの……すべてが夢のように思えてしまって……ごめんなさい。殿下のことを信じていないわけではないんです」

ベッドカバーで顔を隠すようにして彼の顔を見る。

夜会に出るときは短いなりにサイドを整髪料で後ろに流していた髪が、今は洗いざらしの櫛《くし》すら通していない髪型になっていた。まるで園丁《ガードナー》か馬丁《グルーム》の少年のようだ。

屈託のない笑顔で彼女のほうを向いて寝転がり、リネンに肘をついて頭を支えている。

「戸惑ってるのは君だけじゃない。私だってそうだ。いくらなんでも〝白夜宮〟まで用意されるとは思わなかったから」

しんとした空間に耳触りのよい声が響いた。些細《ささい》なことでもハインツがいるだけでときめいてしまう。

(少し落ちつかないと。これ以上好きになってはダメよ。欲張りになったり、恥知らずなことを考えたりしてしまいそうだから……)

彼から視線を外そうと努力しつつ、目が離せなくなっていた。

「そう……ですよね。どうして、こんな……結婚どころか、婚約を発表したわけでもないのに。ひとつの寝室だなんて」

「まあ、それだけ、父上たちも切羽詰まってるんだろうな」

ハインツの言葉に浮き立つ気持ちを引き締め、無言で同意した。

彼の言うとおりだ。唐突に現れた第三王子の婚約者を何も言わずに受け入れ、王宮内でふたりきりにしてくれる。それほどまで、国王たちは男子の誕生を願っている。

「ハインツ殿下……縁起でもないことかもしれませんが、もし、このままどなたにも男子がお産まれにならなかったら、この国の王位はどうなってしまうのでしょう?」

「議会で話し合われているのが『王太子の条件の緩和』だな。あと、女王も認めようという声も上がっている」

「本当ですか？　それはいいことではないでしょうか。近隣の国には女王様もいらっしゃいますし」

女性に王位継承権が認められたら、国の未来が大きく変わるような気がする。

マーリンにすれば諸手を挙げて賛成したいところだが、ハインツの表情を見ていたら、そう簡単にはいかないらしい。

「何か問題でも？」

「男女問わないとしても、現状で三人の王子たちには娘すらいないじゃないか――と言われたら、言い返す言葉もない」

ハインツは頭を抱えてみせた。

条件を緩和して誰を王太子に選んでも、誰にも後継者がいない。そうなると、王室法に則《のっと》り、我こそは王太子の地位に近いと名乗りを上げる者たちが出てくるだろう。

それは大きく分けて二派。一派は数代前の国王の末裔《まつえい》に当たる者たちで、シュテルン王国の国民であり貴族たち。問題はもう一派にある。彼らは現国王に血筋が近く、近隣諸国の王族に嫁いだ王女たちの子孫だった。

しかも、その中にはグスタフの三人の娘も含まれている。娘のいるグスタフが王太子に決まっても、次の世代で争いが起こるのは火を見るよりも明らかだ。

「皮肉なことに、グスタフの娘たちは三人とも息子を産んでいる」

「でも、外国の王族に嫁がれた王女様は前の世代にもおられるのでは？　今の国王様にもご姉妹がおられて、おふたりが外国の王族に嫁がれたと思うのですが」

「そのとおりだ。私にとって従兄弟《いとこ》に当たる連中が何人もいて、それぞれが自分の正統性を主張している。もし今、父上に万が一のことがあれば、シュテルン王国の王位を巡って戦争が起きる可能性は少なくない」

最悪の事態を想像して、マーリンは身体が冷たくなるのを感じた。

この国は島国ということもあり、遥か昔から外国の侵略を受けたことがなかった。小国が乱立していたときや、島がふたつの大きな国家に分かれていたときもあったが、それらは同じ民族内での戦いだ。シュテルン王国としてひとつになって五百余年、近隣諸国のリーダー的存在だったこの国が、侵略の憂き目に遭うとは……。

それを考えたら、マーリンが個人的な感情に走り、グスタフから逃げ出したのは間違いだったのかもしれない。

第一、第二王子に子供が授からず、このハインツには子供を持つ意思がない。こういった場合、公爵家の娘であるマーリンの務めは、グスタフの求めに応じて男子を産むことだったのではないだろうか。

「わたくしが王弟殿下から逃げ出したことは、単なる我がままだったのかもしれません」

後ろめたい思いでハインツに背中を向け、彼女は反省も込めて呟いた。

そのとき、背後がギシギシと揺れ――ふいに、押さえ込まれるように、太い腕が身体に回されたのだ。

「きゃ……あの……」

「重苦しい話で、君を不安がらせてすまない。代わりに、少し明るい話をしようか。私の両親が結婚したときの話だ」

ギュッと抱き締められ、耳元で彼の声が聞こえる。キスがきっかけで行為がエスカレートしたときのことを思い出し、身体が熱を取り戻していく。

彼の腕の中から逃げ出さなくては。そんなことを考えつつ、マーリンは動けずにいた。

「父上は十九、母上は十七のときに出会い、ふたりは恋に落ちた。でも母上が外国人――ドゥ・コロワ国の大使の娘ということもあり、ふたりの結婚はしばらく秘密とされ、翌年、王子の誕生と同時に発表されたんだ」

「え、ええ、もちろん知っております。今世紀最大のロマンスだと、母から聞きました」

マーリンの母は当時十歳。大聖堂で行われた結婚式と立太子式は見られるはずもないが、そのあとのパレードは家族で見学に行ったと話していた。四頭立ての白い四輪馬車《ランドー》に乗った若き王太子夫妻は、それはもう幸せそうな笑顔だったという。

「――というのは表向きの話。実は、これには裏がある」

「は？　ま、まさか、本当は恋愛結婚ではなかった、とか？」

もしそうなら、できれば聞きたくない。夢のようなロマンスが偽りであることなど、若い娘の中に知りたい者はいないのではないか？

（とんでもない話を聞いてしまったら、次にどんな顔をして国王様や王妃様に会えばいいの？）

そしてハインツの告白は、予想を超えるとんでもないものだった。

「今から三十年以上前、ドゥ・コロワ国との関係は改善途中だった。だから、ふたりは愛し合ってることを誰にも知られないようにしたんだ。いわゆる、秘密の恋人だった――」

ゆっくり時間をかけて周囲を説得しよう、と国王が思っていた矢先、王妃に子供ができてしまった。

大使館で夜会が行われていた最中に倒れたため、大使への報告が大仰になった。そのせいで騒ぎが大きくなり、一気に妊娠が知れ渡ってしまう。なんといっても十七歳、社交界デビューの準備中でもちろん未婚。大使令嬢の前代未聞《ぜんだいみもん》の醜聞に、社交界は騒然とした。

そうなれば当然、大使も黙ってはいない。厳格なカトリックだった彼は、不在中に悪い虫がつかないようシュテルン王国まで娘を同行した。そのはずが、どこの馬の骨ともわからない男に娘を疵物《きずもの》にされた、と激怒したという。

ドゥ・コロワ国に強制帰国させられそうな王妃を国王は強引に連れ去る。結婚を認めてもらえないなら、王子の身分は返上し、ふたりとも母国を捨てるとまで宣言した。

「ロマンスとして綺麗に纏めてはあるけどね。本当は子供が産まれるギリギリまで、すったもんだの大騒動だったらしい」

「では、わたくしたちの応援をしてくださるのも、秘密で婚約していたから、とか？」

「それはあるかもしれない」

マーリンが驚いて振り返ると、すぐ近くにハインツの顔があった。

「あ、あの、殿下……もう少し離れ……ん……ぁふ」

逆らう間もなく、唇が押し当てられていた。


息もできないほどの口づけだった。

柔らかなベッドに、身体が沈み込むくらい背中を押しつけられる。そのとき初めて、ハインツの上半身が裸だと知った。

「んふ……殿下……何を」

唇をずらして声を出そうとするが、すぐに塞がれてしまう。

とうとう舌先を口の中に押し込まれ、マーリンの舌は逃げ場を失う。唾液をすくい取るように舐め回し、激しく絡みついてくる。

とにかく、彼から離れてキスの意味を聞きたい。

どうしてこんなキスをするのか。マーリンが彼にとって特別なのか。それとも、彼は本当に放蕩王子で、誰とでもこんなキスができる人なのか。その答えしだいで、マーリンも答えを出さなければならない。

（約束は守りたい……でも、わたくしたちの関係はお芝居ではないの？　お芝居なら……こういったことは間違っているわ）

マーリンは彼の裸の胸を懸命に押し戻す。じかに触れた男性の胸は汗ばんでいた。指先からトクトクと早鐘を打つような鼓動が伝わってくる。

同時に、ドレスシャツがはだけた部分から見えたブロンズ色の肌を思い出して、マーリンの鼓動まで速くなった。

「マーリン、聞いてくれ。さっき私がいたのは、王族用の休憩室だった。あの部屋を与えられたのは偶然だ。しかも、出席を渋《しぶ》っていたためにあんな時間まで部屋にいた」

「な、何を……おっしゃりたいの？」

ようやく唇が離れ、マーリンはホッと息をつく。

「ほんの少しタイミングが狂えば、あの部屋はグスタフに与えられていたかもしれない。そのときは、説明しなくてもわかるはずだ」

必死で逃げたつもりになって、隠れた先が熊の巣穴だった、という意味だろう。

そのときは問答無用でグスタフの妻にされていた。

「感謝……しており、ます……ハインツ殿下には、でも、こんな」

「そうじゃないんだ！　感謝はいらない」

ハインツは苛立《いらだ》たしげに彼女の顔を覗き込み、強い口調で話しかける。

「あの部屋のソファで、私たちはもっと先まで行こうとしていた。親密な触れ合いの先にあるものが何か、君は確かめてみたくないか？」

間近で見ると、ハインツの瞳に情熱的な色が浮かんでいることに気づく。

ソファの上で胸の谷間に熱い唇を押し当てられたとき、肌が溶けてしまいそうだった。ドロワーズの奥に触れられたときもそうだ。恥ずかしい快感に身を委ね、下半身の震えを止めることもできなかった。

確かめてみたくないと言えば嘘になる。でも、だからと言って言葉にすることなどできない。まだ、彼女の中では慎《つつし》みが勝っていた。

躊躇いの中、ハインツの手によって夜着の胸元に揺れるリボンがほどかれた。瞬く間にふっくらとした双丘が露わになる。

「あっ……あ、やだ……やぁん」

綿モスリンの柔らかな生地は、然《さ》したる抵抗もなく彼女の肌を無防備にした。

だがそれは、マーリンの意思に反してとも言いがたい。彼が直接、胸を揉みしだき始めたとき、逆らう仕草も見せずされるがままになってしまったのだから。

（ダメ、ダメよ……親密な触れ合いの先、なんて……最後の一線を越えることに決まっているじゃないの）

それは夫婦の睦み合いを意味する。

婚約だけでなく結婚まで芝居を続けることになるかも、と言い出したのはハインツのほうだ。それは、神の前で偽りの夫婦の誓いを交わすだけでなく、添い遂げる意思もないのに身体まで繋げてしまうことになる。

いくら婚前交渉にうるさくないお国柄といっても、それは結婚が前提であればこそ。夫婦同然の関係になりながら、あとから素知らぬ顔で、『お芝居でした』などと、彼女にはとうてい言えない。

「いや……いや……」

小声で呟きながら、マーリンは必死で首を振る。

そのとき、胸の先端が温かいものに包まれた。最初は小さな刺激だった。淡いピンクの蕾《つぼみ》はわずかに反応し、硬く尖って敏感になっていく。そこをねっとりと舐め回され、続けて強く吸われる感覚に頭の中がクラクラした。

耐えられなくなり、マーリンは背中を反らせる。

「やぁ……あ……んっ……あぁっ」

ハインツの口淫を受けて、胸の先がこそばゆいような、ジッとしていられない感じだった。

もう一方の乳房は大きな掌で形が変わるほど押し回され、望んでもいないのに少しずつ彼女の息が上がってくる。

(胸を……見られてしまったなんて。いいえ、それどころか、触られて……口でも)

頬がカッと熱くなった瞬間、ぬめりのある舌が硬くなった蕾をころころと転がした。チュパチュパと吸いつく音まで聞こえ始め、その場所から悦楽《えつらく》が波紋《はもん》のように広がっていく。

「ダ、メ……です。本当に……いや……やめて」

マーリンの瑠璃色の瞳に涙が浮かんでくる。

「本当に？　本当に嫌なのか？」

「あの……先は、最後まで……でしょう？　わたくし、それだけは……できません。そんな、ふしだらなことは」

胸の先端から唇が離され、ハインツは何度目かのキスをしてきた。

「男女の親密な触れ合いから、結婚後に越えるべき最後の一線まで、その間にはいくつかの段階がある。それを試すくらいなら、かまわないと思わないか？」

そんな都合のいい段階が本当にあるのだろうか？　疑問は浮かんだが、マーリンには『ない』とも言いきれない。

ハインツの誘惑はマーリンの胸を強烈に揺さぶった。

「でも、でも……」

芝居と言われながら親密な行為を受け入れるのは、最後までしなくても間違っている。

マーリンがその考えを口にする前に、夜着の裾からハインツの指先が潜り込んだ。彼の手は積極的に動き、穿《は》き替えた短めのドロワーズを撫でさする。

「寝るときは穿かないと聞いていたが、ひょっとして、私へのけん制――いや、貞操帯代わりかな？」

返事をせずに、マーリンはキュッと唇を噛んだ。

用意された下着の中から、丈は短めだが股間の縫い合わさったドロワーズを選んだのは彼女だった。いつもなら、寝るときは夜着一枚で他には何も身につけない。だが、脚を動かした拍子に裾が捲れ上がったら、と思うと恥ずかしくて穿いてしまったのだ。

彼の言うような、けん制のつもりなどなかった。

「でも、このほうが恥ずかしいことになるかもしれない」

「それは、どういう意味ですか？　ハインツ殿下は……あっ」

ドロワーズは落ちないように腰の辺りを紐で縛っていた。それを手探りでほどかれ、隙間から彼の手がスルッと入り込む。

最初に触れたときはゆっくりした優しい動きだった。でも今は、あっという間に花芯を探り当て、激しくまさぐり始める。強弱をつけた指先の動きは、目覚めたばかりのうぶな

官能を瞬く間に呼び覚ました。

「あ、あっん……待って、そこ、触ったらダメなの。そこは……やっ、やぁっ！」

愛撫は花びら全体に広がった。

長い指先は秘められた洞窟《どうくつ》まで届き、入り口を緩々と動かされるうちに、とろりとした蜜でいっぱいになってくる。しだいに、ドロワーズの中から、クチュクチュと水音が聞こえ始めた。

「脚を閉じようとせず、開いてごらん。心配しないでいい。君を気持ちよくしたいだけだ」

「殿下……どうして、そんなこと」

「男の本能ってヤツかな」

マーリンにはよくわからない答えだ。

そもそも、どれだけ脚を開こうと思っても、自動的に閉じてしまう。どうやったら開いたままでいられるのか、そこから教えて欲しい。

ハインツの中指が蜜壺《みつつぼ》の浅い部分を掻き回し、親指で淫芽を押さえるようにこすった。

「あっダメ……それ以上、触ったら……ゆ、指は、挿《い》れないで。あん、そこも触らないでぇ……やだ、強くしたらやぁん」

喉の奥から押し出されたのは、自分でも信じられないほど色めいた声だった。

恥ずかしくて、余計に内股をギュッと閉じそうになる。

「仕方ない。閉じられないようにしてやろう」

そう言うと、ハインツの姿が視界から消えた。

マーリンは彼の姿を見失い、彼を求めて伸ばした指先は空を掴む。

直後、腰が浮かされ、ドロワーズをスルスルと脱がされた。片足から抜き去られた瞬間、左右の脚を大きく開かされ、その間にハインツが入り込んできたのだ。

「ドロワーズの股間がぐっしょりだ。こんな場所を濡らしてしまって、侍女に知られたら恥ずかしいとは思わないか？」

マーリンは彼の言葉の意味に気づき、顔が火照《ほて》った。

男女の親密な触れ合いがもたらす快感、それを知らない侍女はマーリンが粗相をしたと思うだろう。だが、そのことを知っている侍女でも、濡れたドロワーズを見られたら恥ずかしいのは同じだ。

（わたくしがハインツ殿下に……こ、こんな、いやらしいことをされて、悦んでしまったと知られてしまうわ）

あとから思えば、すでに王宮中の人間に知られてしまっているのだが、このときのマーリンはそこまで頭が回っていなかった。

慌てる彼女の脚の間を、彼は少しずつ下にずれていく。そして何を思ったのか、大事な場所に顔を埋《うず》めたのだ。

「きゃあっ！　ハインツ殿下、どこに……そんな、あ……ダメ、顔を近づけないでください。ああっ、ダメです。そんなところじゃ見えてしまいますっ！　あの、あ、やっ……ああーっ!!」

羞恥の場所に生き物が這《は》うような感触だった。ヌルヌルしたものが、淫《みだ》らな動きを繰り返している。

マーリンは上半身を起こし、暗がりの中で目を凝らした。太ももを下からすくうように持ち上げられている。その間に黒髪が揺れ、赤い舌先がチロチロと蠢《うごめ》いた。同じリズムで淫核が嬲《なぶ》られ、秘所をハインツに舐められているのだと確信する。

「やめて……そんなところに、口づけたり……なさらないで」

腰を浮かせて身体をずらそうとするが、抵抗は逆にマーリンを追い詰めた。

「そんなふうに動かしたら、もっと感じてしまうんじゃないかな？」

ハインツはクスッと笑う。

そんなことはないと思いながら、クイッとわずかに腰を引くが、それで逃れられるはずがなかった。結果的にその動きを何度も繰り返す羽目になってしまい……。

「あ、あぁ……ダメ、ダメです……ああっ、ダメェ」

ハインツの舌は淡い色合いに染まった花びらを思わせぶりになぞり、ぷっくりと膨れた花芯に激しくむしゃぶりついた。しだいに花弁はしとどに濡れ、今度は溢れ出す蜜をジュルジュルと啜り始める。

マーリンは今にも気を失ってしまいそうだった。

右の足首には白いドロワーズが引っかかったまま揺れている。その、あまりにも劣情をそそる光景にマーリンは両手で顔を覆った。

彼の口淫から逃れようとすればするほど、無駄な抵抗は快楽への足がかりとなってしまう。自分では抑えようもなく、マーリンは引き返せない高みへと押し上げられる。

「い、や……こんなのは、いやなのに……ああ、もう、もうダメ……ああーっ、いやあぁーっ！」

喉の奥から切ない声が漏れ、我慢できず、リネンのシーツを力いっぱい握り締めていた。

下肢が戦慄《わなな》き、爪先まで力が入る。

ハインツに舌を這わされた部分が、じわじわと温かくなっていく。その温《ぬく》もりは割れ目を伝い臀部《でんぶ》にまで流れ落ちていった。

頭の中が真っ白になる。

何も考えられない。

やがて、ふたりの身体が重ねられ、男の昂りが愛液の伝った部分をこすっているのに、彼女はされるがままになっていた。

「マーリン、ここは〝白夜宮〟だ。お互いに、求め合うことが許される場所なんだ」

「ゆる……される……の？」

荒い息の合間にマーリンは必死で言葉を紡ぐ。夜目にも艶めく白い胸が、零れる吐息とともに上下した。

ハインツの額が彼女の額に重ねられ、彼の呼吸も乱れていることを知った。

「君が欲しい。君のすべてを私のものにしたい。もう、堪《こら》えきれない。神も王も許してくれる、あとは君だけだ」

「わたくし……だけ」

「そう、今よりもっと先まで進もう。もう少し先だ。果てしなく先じゃない。ほんのちょっとだけ。頼むマーリン、うなずいてくれ」

この瞬間、マーリンには彼の声が〝彼女を愛するあまりの情熱的な求め〟に聞こえてしまった。

こんなにも愛されているのに、断ることはできない。

マーリンはゆっくりとうなずく。

同時に、男の昂りが彼女の膣内《なか》に侵入を始めた。大きく張り詰めた猛《たけ》りが、蜜壺の入り口を押し広げ、少しずつ少しずつ入り込んでくる。

（ああ……ハインツ殿下が、わたくしの中に……怖い、でも、ほんの少し……先に進むだけ、よ。大丈夫……ハインツ殿下が導いてくださるわ。大丈夫だから……）

ズッズッとハインツの肉棒が挿入されるたび、蜜壁が裂かれるようだ。こすれるような痛みを伴いながら奥へと突き進んでくる。

マーリンは息を止め、自然に身体が強張《こわば》った。

その直後、彼女の臀部をハインツが左右からガッシリと摑んだ。これでもう、腰を引くこともずらすこともできない。逃げ道はなくなった。

「大丈夫だ。力を抜いて、私に身体を預ければいい。感じるままに、さあ」

耳元でささやかれた声は、まるで呪文のような効果をもたらす。

力の抜き方もわからないまま、ただ、彼の動きに合わせて身体を預けていた。すると、欲棒はさらに奥まで達する。

「あっ……ううぅ……くっ」

大切に守り続けた扉に杭《くい》が穿《うが》たれた。薄い膜はひと突きで破瓜《はか》され、聖域にハインツの肉の杭を受け入れてしまう。

蜜窟は壊れそうなほど押し広げられ、ひりひりした痛みと圧迫感がマーリンを襲った。

「痛むかい？　もう少し……あと少しだから」

マーリンを優しくいたわるハインツの声。『大丈夫』と答えたかったが、とても、それどころではなかった。

彼女の細い指は、信じられないほど強い力でリネンを握り締めていた。

「これ、以上は……あ、あ、ああーっ!!」

瑠璃色の瞳に大粒の涙が浮かび上がる。

ズズッと体重をかけて肉棒を押し込まれたそのとき、マーリンは背中をのけ反らせた。

膣の中がハインツでいっぱいになる。

初めての痛み、初めての感覚——求婚して欲しいと望んだ男性にマーリンは女性にとって一番大切な〝初めて〟を捧げた。それは苦しさの中で見つけた小さな悦びとなる。

とはいえ、ハインツを受け入れた痛みは大きく、マーリンのこめかみには、はらはらと涙が伝い落ちた。

「い、たい、です……殿下、抜いて……抜いて、ください。お願い、です」

リネンを握り締めたままの彼女の指先を、ハインツの手が包み込んだ。彼女の痛みを癒やすように、優しく撫でさする。

彼は深く繋がったまま、マーリンと唇を重ねた。

チュッ……チュッと音を立てて、半開きの唇をなぞっていく。

可愛らしいキスを続けながら、ハインツは少しずつ下半身を揺すり始めた。ぴったりとくっついた状態で揺さぶるので、膣の内側を酷くこすることはない。

そのとき、ハインツが片手を離して、繋がった局部に触れた。

「きゃっ……ん。そこは……触らないで、くださ……あ、やぁ、ダメ……あ、あ、あ」

彼が触れたのはほんの少し前、指と舌で嬲られた場所だった。敏感になった淫芽に彼の指が当たり、少し抓まれただけで、マーリンの全身がビクンと震える。

「うっ……頼む……マーリン、もう少し緩めて欲しい」

ハインツは息を止め、マーリンの肩口に顔を埋めて懇願《こんがん》した。

「そんな……わかり、ません……殿下が触るから、だからぁ……あぁ」

花芯を弄《いじ》っていた指が離れただけで、マーリンにとっては新たな刺激だった。膣奥が痺れて、キューッと強く引き絞られる感じがする。

「ダメだ……そんなに、締めたら……クッ！　悪い、ちょっと我慢してくれ」

ハインツは少し身体を起こすと、彼女の両膝を裏からすくい上げた。そのまま、そろそろと肉棒を引き抜き、蜜窟から抜け出る寸前で止め、ふたたび奥まで押し込む。

ズチュリと淫らな音がして、貫通したばかりの隘路《あいろ》で熱く猛った肉棒が蠢き始める。

「あ……くぅ……っ」

このまま引き抜かれたら楽になる。そう思う反面、マーリンの膣内からハインツが抜け出てしまうことに寂しさを感じた。

（痛い、のに……離れるのが、寂しいなんて……。でも、ハインツ殿下に、悦んでいただきたい）

腰を引き、最後まで抜けきる寸前、ハインツは動きを反転させた。

ズプズプと卑猥な音を立てながら、ゆっくりとマーリンの胎内に熱が戻ってくる。そして、彼は時間をかけて同じ動きを何度も……何度も繰り返した。

ハインツの熱は少しずつマーリンの膣内を溶かしていく。じわじわと蕩けるような感覚に痛みは消え、ハインツの形を教え込まされていくかのようだ。

「はぅ……あ、あ……殿下、ハインツ、殿下ぁ……熱い、です。わたくし、熱くて……」

緩やかな抽送はしだいに速度を上げ、マーリンの身体を揺らし始める。

「ああ、本当だ。君の奥は、私を溶かしてしまいそうなほど熱い。そして……狭い、ああ……もう、降参だ」

灼熱《しゃくねつ》の杭を受け入れたとき、彼女の膣は溢れるほどの蜜を滴《したた》らせていた。だが初めての経験に、しだいに潤いを失くしていった。ひりひりした痛みを感じたのはそのときだ。

でも今は、繋がったまま辛抱強く揺らされたせいで、ハインツの欲棒を搦《から》め捕るほどの蜜を溢れさせている。それは、激しい抜き挿しにも耐えうる潤滑油《じゅんかつゆ》のようだ。

グチュグチュという恥ずかしい音に、マーリンは我慢できずに両手で顔を覆った。

「あ、あ、あっ……やっ、見ないで、見ないでくださいませ……ああっ」

閉じてしまいそうになる脚は、ハインツによって大きく開かれていた。

次の瞬間、雄々《おお》しく張り詰めた肉棒が蜜窟の天井に当たった。同時にハインツの口から苦しそうな吐息が漏れ、彼は抽送をやめた。

彼はさらにふたりの身体を密着させ——そのときだ、彼女の最奥で男の欲望が爆《は》ぜ飛んだ。

「はぁうっ！　ん、んんっ」

それはまるでハインツの情熱を注ぎ込まれる感覚。その不思議な感覚にマーリンの口から声が漏れる。

熱を帯びた奔流《ほんりゅう》を蜜窟の奥で受け止めながら、彼女の意識は闇の中に沈んでいった。

☆　☆　☆

剝き出しの肩を風がなぞり、マーリンは瞼越《まぶた》しに光を感じた。

甘い香りがかすかに漂う。愛おしさに深く息を吸い込んだとき、大好きなフローラルな香りが彼女の鼻腔に流れ込んできた。

うっすらと目を開け、

「ハインツ……殿下」

マーリンは愛を交わした男性の名前を呼んだ。

朝の光が射し込む寝室は、夜とは別の顔をしている。光に満ちて清々しい部屋を見回し、ハインツがいないことをあらためて悟った。

身体を起こした瞬間、下半身にズキンという痛みが走る。そのまま床に足を下ろし、窓際まで歩く間もズキズキと痛み続けた。

（ああ……本当に愛し合ってしまったのだわ）

情熱的に求められ、愛する人と結ばれた喜び。どんな苦痛も凌駕《りょうが》してしまうほど、マーリンは幸福に満たされていた。

ピンク色に染まる頬を押さえながら、窓の下を覗き込む。

アンが言っていたとおり、辺り一面が純白で覆われていた。同じ白でも雪とは違う、息吹を感じるのはきっと薔薇に命が宿っているせいだろう。所々に見える緑が、彼女にそれを教えてくれた。

そのとき、離れの庭先に佇《たたず》むハインツの姿を見つけた。

マーリンは大急ぎでコルセットなしで着られるデイドレスに着替え、階下に下りていくのだった。

薔薇の小道に沿って小川が作られていた。その小川をジッとみつめながら、ハインツは立っていた。

サラサラと水の流れる音に引き寄せられ、マーリンは彼に近づく。

「おはよう……ございます、ハインツ殿下」

なんと話しかけるか迷って、とりあえず無難な朝の挨拶を口にする。

「ああ、おはよう。もっとゆっくり寝ていてもよかったんだが」

「いいえ。あの、申し訳ございません。本当はわたくしが先に起きなければいけませんのに。いろいろと、ご迷惑をかけてしまいまして」

口にしながら、マーリンの頬は赤くなった。

夜着を脱いで着替えようとしたときに気づいた。リネンのシーツが取り外され、マーリンはベッドカバーに包まって眠っていたことに。新しいドロワーズもきちんと身につけていて、それが意味することはひとつしかない。

「わたくし、あのままで眠ってしまって……あの、リネンのシーツは？」

「侍女の目につかないよう処分した。半年前に結ばれたはずなのに、〝白夜宮〟のベッドに破瓜の証が残っていたらまずいだろう？」

そのとおりなのだが、ハインツから言われるとどうにも恥ずかしい。

「えっと、ハインツ殿下が……ドロワーズを着せてくださったのですね。あの……証ということは、やはりわたくしたちは……」

「そうだ。私たちは最後の一線を越えてしまった」

「は……い」

マーリンは彼の真後ろに立ち、次の言葉を待った。

(とうとう正式に求婚していただけるのね。ああ、待って、その前に求愛のお言葉をいただけたら……これ以上ないくらい、幸せな気持ちになれるのだけど)

デイドレスはひとりで着られる簡素なものを選んだ。もちろん、王宮に用意された品なので最高級には違いない。ライラック色の可愛らしいドレスを選んだつもりだが、盛装でないのが少し残念だ。

(いいえ、両親ともに喪中なのだから、これでも華やかなくらいだわ)

不謹慎なことをしてしまったのかもしれない。

でも、ひとり娘が愛する人と結ばれたのだ。あの父と母なら、きっとわかってくれるだろう。

マーリンは祈るように手を前で組み、恋い焦がれる視線をハインツの背中に向けた。

「言い訳になるが、自制心には自信があったんだ。でも、君の魅力には抗えなかった。もちろん、こうなった以上、男としての責任は取るよ」

「責任……ですか?」

「そうだ。芝居では済まないだろう?　私たちは本物の結婚をするしかない」

それは信じがたい求婚の言葉だった。

愛の欠片も見つからない言葉が、マーリンの頭の中をグルグルと回り続ける。

「ちょうどいいじゃないか。愛する男は君に求婚しなかったんだろう？　それに、君は貴族の娘として、家名のために嫁ぐ覚悟はあると言っていた。だったら問題ない。公爵家の娘として王子に嫁ぐんだから」

「わた……わたくしは、王室に嫁ぎたいとは……」

「ああ、わかってるさ。愛は身分より尊い、だったかな？　では、その愛を子供に向けてくれ。君のお腹に宿っているかもしれない我が子に」

マーリンは胸が押し潰されそうだった。最後の一線を越えた以上、その可能性はある。しかも、この国の未来にかかわる子供だ。

「嫌だと言っても君に選択肢はない」

それは離れた距離ではなく、目の前から聞こえた。

いつの間にかハインツは彼女のすぐ傍まできていたらしい。彼は苦々しげに顔を歪め、マーリンを見下ろしている。

「言い逃れでなく本当に深い仲になった以上、申し訳ないが君を自由にはできない。たとえ、私との結婚が泣くほど嫌だとしても」

彼の言葉で初めて、自分が涙を流していることを知った。

嫌なわけがない。愛する人の妻になれるのだ。誘惑に流されたのは事実だが、マーリンを求めてくれたということは、大勢の中から彼女を結婚相手に選んでくれたのだと思った。

まさか、求められた理由が愛情ではなく、欲望だけだったとは思いもしない。

「マーリン、今は愛してなくとも、夫婦として過ごすことで愛が芽生えるかもしれない。君はもう、私の妃になるしかないんだ。諦めなさい」

ひと言ひと言が、矢のように胸に突き刺さる。

「は……い。殿下と、結婚……いたします」

これ以上、悲しい求婚はない。

あまりの胸の痛みに、マーリンは溢れる涙を止めることができなかった。

第四章　愛と平和と子作りと

「本当に美しい肌ですわ。髪は銀糸の束のようですし。王宮に仕えるものは皆《みな》、正式な婚約発表を楽しみにしております」

綿モスリンの浴用布を身体に巻き、マーリンはバスタブに腰まで沈めていた。

アンはお湯の温度を調整しながら、石鹸《せっけん》を泡立てマーリンの身体を撫でるように洗い、手桶を使って肩にお湯をかけていく。その間も忙しなく口を動かしつつ、同時にいくつものことをこなしていた。これは器用なことを褒めるべきか、静かにするよう注意すべきか。

マーリンには判断ができず、苦笑するしかない。

彼女が〝白夜宮〟に通されてから、十日が過ぎた。

その間、叔父のトビアスが訪ねてきたというが、王命により追い払われたようだ。一方グスタフは、あの日の夜会を早々に切り上げ、自宅である宮殿に戻ったきり顔も見せないらしい。

そしてマーリンはこの十日間、王宮から出ることもなく、至れり尽くせりの日々を過ごしていた。

食事はすべて離れまで運んでもらえる。焼きたてのパンや新鮮な牛乳、季節のフルーツが朝から食卓に並ぶのだ。

そして毎日、普段着用の新しいデイドレスが届けられた。ドレスに合わせた子ヤギ革のブーツやサテンのシューズ、華やかなボンネット、室内でもかぶれるドレスキャップ、金糸の刺繡が施された絹のストッキング、異国風の髪飾りや日傘まで揃っている。

ただ、王宮を歩くときはアンをはじめとした数人の侍女に付き添われ、それ以外のときは、ハインツが一緒と決められていた。許可された時間以外は〝白夜宮〟から出ることができず、ひとりで歩き回ることもできない。窮屈さはあるが、身分の定まらないマーリンに不快な思いをさせないため、と言われたら文句も言えない。

なんにせよ、〝白夜宮〟で過ごすほとんどの時間がハインツとふたりきりだった。

「いったいどうしたのかしら？」

ふいに、アンが不満そうな声を上げた。

「見習いの侍女がお着替えを取りにいったまま戻りませんわ。マーリン様、申し訳ございません。ちょっと見てきてもよろしいでしょうか？」

「ええ、わたくしはひとりで大丈夫よ」

白い陶器製のバスタブに浸かったまま、マーリンは答えた。

このバスタブもロカイユ調の品だった。優雅な猫脚《ガブリオールレッグ》を見ると、昔ながらの方法で人手を使ってお湯を溜めているように思える。だが、きちんと水道管が設備されていて、蛇口を捻れば水を入れられるようになっていた。おまけに最新のシャワーまでバスタブの上に取りつけてある。

とはいえ、さすがの王宮でもお湯までは出てこない。温度を調整するためのお湯は、浴室の隅に設置された薪《まき》ストーブを使って沸かしていた。

どこからも覗かれる心配がないということで、浴室には三方向に大きな窓がある。バスタブの真横にあるのは、バルコニーの付いた窓だった。開け放したままにすれば、バスタブに浸かりながら夜空を見ることもできる。

むろん、リンデル公爵邸にも由緒ある調度品が並び、立派な設備が整えられているが、王宮とは比べるべくもない。

(これが王宮なのだわ……でも、わたくしは本当にハインツ殿下と結婚することになるのかしら？　なんだか、夢の中にいるみたい)

マーリンは数日前のことを思い出しながら、ほうっとため息をついた。

求婚以降、ハインツはとても優しい。結婚に向けての覚悟を決めたのか、人目も憚《はばか》らずマーリンに触れ、愛し合う恋人たちを演じてくれる。

しかもそれは、ふたりきりのときも同じだった。

マーリンが不用意に泣き出したりしないよう、彼なりの気遣いだろう。とくに国王の前では自然に振る舞わなくては、余計な心配をかけたのでは元も子もない。

そして、そのためには何より重要なことがひとつ……。

そのことを頭に浮かべ、マーリンはもう一度ため息をついた。

「何か心配ごとでも？」

「きゃっ！　殿下、びっくりさせないでください」

急に耳の横でハインツの声がして、飛び上がるほど驚く。

入浴中に声をかけてくるのはアンだけだろう、と思っていた。いろいろ考え込んでいて、ハインツが入ってきたことすら気づかなかった。

「今日は、カール殿下がお住まいの宮殿に呼ばれたのではなかったのですか？」

「ああ、呼ばれたから、とりあえず顔だけ出してきた」

「アンから、ハインツ殿下のお戻りは深夜になるでしょう、と聞かされていたので、本当に驚きました。あの……殿下？　何かあったのですか？」

「いや、なんでもないよ。ただ、マイペースなカールでも結婚したら変わるんだな、と思ってね」

ハインツは実にしみじみとした口調で呟いた。

国王の第二王子カールは妃のフィリッパとともに、市内のブランシャール宮殿に住んでいる。そこもフレードリク芸術王の指示により建てられたロカイユ調の建物だった。ドゥ・コロワ国から受け入れた建築家のひとりに設計建築を任せ、当時における最高の技術を駆使したという。

フィリッパはブランシャール宮殿を気に入っていて、結婚と同時に移り住んだ。以来、親しい友人ばかりを招き、パーティ三昧の日々を送っている。

その一方で王宮の夜会には全く顔を見せない。国賓を招いた晩餐会《ばんさんかい》や舞踏会には、王子妃の義務として渋々やってくるらしい。

王妃と気が合わないのが理由というが……。

つい最近も、友人たちにブランシャール宮殿のことを『王太子の宮殿』と呼ばせていたのがばれたらしい。それが王妃の耳に入り、注意を受けたと聞く。

『あたくしは存じませんでした。全く知らなかったのに、どうして怒られなければなりませんの!?』

といった感じで、フィリッパは真っ向から否定したという。

この話を聞いたとき、アンは苦々しげに言っていた。

『一事が万事その調子ですわ。何かにつけ、第一王子妃のヨハンナ様を蔑ろになさるのです。王妃様は裏表のないお人柄ですから、様々なプレッシャーに耐えておられるヨハンナ様のお味方をされるのです。でも、そうなると、フィリッパ様は贔屓《ひいき》だと騒がれて……』

アンは王妃とふたりの王子妃の確執を、マーリンに延々と話し続けたのだった。

そのとき聞いた話を思い出すと、マーリンもカール王子夫妻――とくにフィリッパのことをなんと評すればいいのか迷う。

「えーっと、わたくしが聞いたところによりますと、フィリッパ様は、あの、なんと言いますか……」

フィリッパはいろいろと問題を抱えているが、一番の問題点は、とにかく息子を産んで王妃となることに積極的な女性ということだった。

もちろん、王妃に盾突くことやヨハンナを蔑ろにすることも重大だ。娼婦のように化粧が濃いとか、パーティ好きで金遣いが荒いとか、そういった些末《さまつ》な点を挙げればきりがない。ただ王宮の侍女たちは、ほぼ全員がフィリッパに王太子妃、果ては王妃になって欲しくないと思っていた。

マーリンの表情を見て複雑な心情を察したのか、ハインツは苦笑いを浮かべる。

「やる気満々だろう？　前はそれでいいと思ってたんだ。王妃の座が目当てなのは見え見えだが、とにかく、カールの息子を産んでくれるならって」

「今は……違うのですか？」

マーリンはバスタブに浸かったまま、胸元を押さえて尋ねた。

するとハインツは彼女の質問には答えず、唐突に服を脱ぎ始めたのだ。シャツもトラウザーズも次々に脱いでカウチソファの上に放り投げる。

「でん、でん、殿下!?」

「殿下はもうやめてくれ。ふたりきりのときは名前で呼んで欲しい」

「ふ、ふたりきりでは、ありません。アンが着替えを持ってすぐに戻ってくると思いますので……あの、アンと会いませんでしたか?」

いくらなんでも遅過ぎる。マーリンが首を捻りながら、扉をジッと見ていると、ハインツはなんでもないことのように言った。

「もちろん会ったさ。事情を話したら、アンはすぐに若い侍女を連れて離れから出ていった」

「事情というのは、なんでしょう?」

「そんなことは決まっている。婚約者に会いたくて飛んで帰ってきた、と言ったらすぐに理解してくれたぞ」

彼は笑いながらバスタブに足を入れた。

「ハインツ殿下!? ご入浴……ですか? あの、わたくしはすぐに出ますので……あの、ちょっと待って」

ハインツは浴用布も巻いておらず、生まれたままの姿なのでマーリンは目のやり場に困る。

いっそ自分のほうが先にバスタブから出ればと思い、立ち上がろうとした。

だが、バスタブを乗り越える動作はサッとできるものではない。それも、男性の前で脚を開いてバスタブを跨《また》がなくてはならないのだ。

悩んでいるうちにハインツは彼女の正面にゆったりと座った。

腰が隠れる程度だったお湯の量が、胸の辺りまで深くなる。それに、彼が脚を伸ばしてくるので、マーリンは隅の方で小さくなるしかない。

「……でん、いえ、ハインツ様。いったい、これは……」

「今日、ブランシャール宮殿で久しぶりにカール夫婦と再会した。そして、決めたんだ。彼らより先に子供を作る。それも、息子が欲しい。どこからも文句が出ないように息子を作り、私が王太子になる！」

とび色の瞳が真っ直ぐにマーリンを見据える。彼の視線からは、これまでにない強い意志を感じた。

「君にとったら迷惑な話だろうが、後れを取るわけにはいかない。あの女にだけは負けられないんだ」

「待ってください。子供は授かりものです。決して、勝ち負けの道具ではありません。もちろん、王室法も、国王様のお身体のことも、充分に承知しております。でも、そんな思いどおりにはいきません」

王子であるハインツと本物の結婚をする以上、子供を産むのは妃の義務だ。それも男子を期待されるのは国内外の事情からいって仕方のないこと。

マーリンも重要なことだと理解しつつ、それでも複雑な思いに悩んでいた。

（義務によって授かった子供。わたくしには愛を注ぐようにおっしゃったけど、ご自分はどうなのかしら？）

ハインツは本気で望んでいるのだろうか？

本当に授かったとき、彼はマーリンに縛られたと思うのではないか？

（そもそも、望んだとおりになるとは限らないわ。授からないかもしれないし、女の子が続くことだって）

すると、ハインツのほうから少しずつマーリンににじり寄ってきて、

「あまり君の耳には入れたくなかったんだが……実は、ブランシャール宮殿でフィリッパに誘惑されたんだ」

「なっ……!?」

絶句するマーリンの手を摑むなり、彼は自分の腕の中に引っ張り込んだ。

「あ……きゃっ！」

逞しい胸に抱きつくように、彼女はもたれかかる。ハインツの身体はとても熱い。バスタブの湯が温《ぬる》くなったせいか、余計に熱く感じた。

「フィリッパは言ったよ。本当はカールではなく、私と結婚したかった、と」

マーリンより二歳年上のフィリッパは、ヨーランソン伯爵家の令嬢だ。領地はフリークルンド市から遠く離れていて、フィリッパは昨年まで社交界に出入りしていなかったという。初めて首都を訪れ、王宮に招かれたのが昨年の夏。独身を続けてきたカールは、フィリッパの田舎育ちで垢抜けない清らかさに目を留め、ひと目で恋に落ちた。

と、ハインツはカールから聞かされた話をマーリンに伝える。

「垢抜けない？　あの……アンに教えてもらった女性とは、あまりに違うのですけど」

「あくまでカールの第一印象だ。私の第一印象は……百戦錬磨《ひゃくせんれんま》の娼婦、かな――」

ハインツの返事にマーリンは息を呑んだ。

彼がフィリッパと初めて会ったのは、カールが彼女を連れてヴェランダル・パレスを訪れたときだった。カールは『父上はともかく、母上がフィリッパとの婚約を認めてくれない』そう言ってハインツの領地を訪ねたという。

放蕩王子と呼ばれてはいるが、両親とも末っ子のハインツを可愛がっていた。カールはそんな弟に口添えしてもらおうとしたらしい。

だが、そのヴェランダル・パレスで、フィリッパはハインツの寝室に忍び込んできたのだ。

『カール様に強く望まれて、結婚を承諾してしまいました。でも、あなたに会って運命を感じたのです。あなたがあたくしを選んでくださるなら、どんなことをしてもハインツ様の息子を産んでみせますわ』

彼は寝室から叩き出そうとした。だが、騒ぎを大きくしてはカールに恥を掻かせることになる。グッと我慢して丁重にお帰り願ったという。

「カールにはそれとなく考え直すように言ったんだが、聞き入れてはもらえなかった」

どうあってもカールが結婚を望み、フィリッパが国王夫妻待望の孫を産むというのであれば、ハインツは彼女の本性を忘れることにしたという。

だが今夜、フィリッパはふたたびハインツを誘ってきたのだ。

「私とならすぐに子供もできるかもしれない。父親がどちらでも孫には違いないんだから、国王様にとっては同じだろうってね」

「そんなこと……カール殿下はどうなるのです？　フィリッパ様は夫ではなく、あなたを愛していらっしゃるの？」

マーリンの問いにハインツは彼女の身体を抱き締めて答えた。

「夫も子供も、自分が王妃になるための踏み台にしか思ってない女だぞ。愛情なんてあるもんか。それどころか、私が彼女を抱かないなら、国王と王妃は自分たちに全く似ていない孫を持つことになる……そう言ったんだ」

一瞬、マーリンにはなんのことか想像もできなかった。

だが徐々にフィリッパの言葉の意味を理解し、今度は恐ろしくなる。

「わかっただろう？　子供を作ることは競争じゃない。思いどおりにいかないことは百も承知だ。それでも、彼女には負けられない。マーリン、一日も早く、君を孕ませなければならなくなった」

フィリッパの思惑を聞き、青ざめるマーリンの唇を彼は奪った。


激しいキスに眩暈を感じたとき、ハインツの手が浴用布を剝ぎ取ろうとした。

「あ……待って、ここは……浴室です。あの、ベッドに……」

マーリンは唇を離そうとするのだが、彼のほうが追いかけてきて口づける。身を捩って抵抗するが、それくらいで逃れられるはずもなく、マーリンも一糸《いっし》纏わぬ姿にさせられた。

「可愛い胸だ。今すぐむしゃぶりつきたいよ。ああ、なんだって？　浴室は愛し合う場所にはふさわしくない？」

「そう、です。あ……愛し合うのは、やっぱり、寝室のベッドで……あん、やぁ、ああっ！」

両方の胸に手を添え、優しく持ち上げる。すると、お湯に隠れていたピンク色の突起が姿を見せた。そこにサッと唇を押し当て、舌先で舐めては強く吸い上げる。左右を順番に繰り返され、快楽が身体を走るたび、マーリンは彼の腕を摑んで顎《おとがい》を反らせた。

「ハ、インツ……さま……お願い、です……」

浴室から出て、寝室のベッドに連れて行って欲しい。

その思いを必死に訴えたつもりだった。ハインツも「わかった、わかった。仕方ないな」と答えてくれ、彼女は安堵したのだ。

ところが、次の瞬間、ハインツの指はマーリンの無防備な太ももの奥に押し込まれた。

「ああっ！　やぁんっ……そこは、そこは触らないで……ハインツ様、違い……あ、あぁ、ダメェ」

長い指がマーリンの羞恥の割れ目を弄った。グリグリと押し回され、閉じていた太ももが彼女の意に反して開き始める。

（どうして……どうして、こんなふうに感じてしまうの？）

この十日間、夜ごとハインツを受け入れた。彼の愛撫がもたらす快感を、マーリンの身体は覚えてしまったみたいだ。

ハインツの指先が敏感な場所を掠めるだけで、彼女の身体は蜜を零し始める。いや、絶対に知られたくないが、口づけだけですでに潤っていた。

「もう、こんなにヌルヌルだ。君の身体はベッドまで待てないと言ってるぞ」

「そんなこと、ありま……せん。わたくしは……あ、やだぁ」

マーリンの身体がピクピクと震え、その都度、蜜窟が熱くなる。

バスタブから出ようと懸命に理性を呼び戻すが、直後、長い指がスルッと押し込まれた。

膣内をグルグルと掻き回され、一瞬で彼女の理性は吹き飛んだ。

「あぁんんっ！　や、やぁ……強く、しないでぇ……もっと、優しく……わたくしにも、優しく……してください」

「優しくしてるじゃないか。ほら、これが乱暴だとでも？」

溢れる蜜を掻き出すように、膣壁をこすった。決して乱暴な動きではないが、優しい愛撫とも言いがたい。

「だって……中を……」

「君の中を、何？」

「指で……掻き回すなんて……ダメです」

バスタブのお湯はゆったりと波打つ。大きな波はパシャンと音を立て、バスタブの外に零れ落ちた。

「ダメと言いながら、腰が動いてるぞ。ほら、波が立ってるのは君のせいだ。私の上に跨《また》がってごらん。すぐに気持ちよくさせてやろう」

「そんな、こと……」

「言うことをきかないなら、こうだ」

その瞬間、膣に蠢く指が二本になった。

腰を引こうにもバスタブの中はバランスも取りづらく、身体の向きを変えることもできない。マーリンの躰は二本目の指をただ受け入れるだけだった。

ハインツは二本の指を揃えて、ゆっくりと蜜を掻き混ぜる。

「あ、に、二本も、なんて……無理、です。ああっ、やだぁーっ！」

彼の膝の上で抱き締められ、押し込まれた指で絶頂を迎えそうになった――そのとき、ふいに指が抜かれたのだ。

「ハ、ハインツ……様？」

「どうした？　君が嫌だと言うから抜いたんだが」

悦楽の寸前で引き戻され、マーリンの身体は無意識のまま震えてしまう。

ハインツは彼女からサッと身を引き、立ち上がった。バスタブから出て、裸のままバルコニーに足を踏み出す。

「来いよ、マーリン。君の女の部分が私を欲しがってる。私もそうだ。このとおり、君が欲しい」

雄々しくそそり勃《た》つ股間を隠そうともせず、彼はバルコニーの手すりにもたれかかった。

「どうしてですか？　どうして、こんな意地悪をされるのです？」

開いた窓から夏の夜風が吹き込んだ。火照った肌をほんの少し冷ましてくれるが、下腹部に生まれた熱までは冷えそうにない。

「君は他の男を思いながら私に抱かれているんだろう？　だが、それでは……子供も授からない。心から、私を求めて欲しい。だから、君のほうから来るんだ」

「そんなこと……」

マーリンが愛しているのはハインツだけだ。

だが、複雑な事態に陥ってしまった今となっては、その思いは永遠に告げられなくなってしまった。

（フィリッパ様と同じに思われてしまうわ。愛する男性がいるというのは、王弟殿下からハインツ様に乗り換えるための嘘だ、と）

彼女はゆっくりと立ち上がり、バスタブの縁を摑んで跨いだ。

ハインツはまだ夫ではない。それどころか、正式な婚約者として発表されているわけでもなかった。それなのに、彼の前に裸体を晒し、自ら求めようとしている。

はしたない、と思いつつ、マーリンはバルコニーのハインツのもとに駆け寄った。

だが、いざバルコニーに出ようとしたとき、濃厚な白薔薇の香りを嗅ぎ、足が止まった。

窓の外にあるバルコニーは明らかに建物の外になる。裸体のまま屋外に出るなど、人目に触れたら恥ずかしいどころではない。

「どうした？　なぜ、私の胸に飛び込んでこないんだ？」

「外に……出るのは、怖いです。もし、どなたかに見られてしまったら……」

いくら白薔薇の茂みに囲まれているとはいえ、王宮の建物は離れより大きい。上の階から見下ろされてしまったら、丸見えになるのではないだろうか？

するとハインツが噴き出すようにして上を指差した。

「ここまで来ればわかる。ほら、早くおいで」

「で、でも……」

「私を信じろ！」

濡れた黒髪から水滴が落ち、ハインツの肌を滑り落ちた。

信じてみたい——その思いに囚われ、マーリンは勇気を出して一歩踏み出す。そして、ハインツに抱き留められた瞬間、頭上を覆う楢《オーク》の枝葉に気づかされた。

「この時期、〝白夜宮〟を覗き見できる者はいない。わかったら、マーリン、私に背中を向けて……そう、手すりを摑むんだ」

言われるままだった。

ハインツは彼女の腰を左右から摑むなり、強い力で引っ張る。

「あ……ぁん……ハインツ様、あの……あ、きゃあっ！」

泥濘《ぬかるみ》の中央に焼けるような杭を打ち込まれた。背後から押し込まれたのは初めてのこと。この十日間で彼の形を覚えた蜜穴は、角度を変えた挿入に抉《えぐ》られるような痛みと快感を覚えた。

グチュグチュと音を立て、肉棒が入り込んでくる。

奥まで達したとき、先端がいつもとは違う場所に当たり……。

「あうっ！」

背中を反らせると同時に、マーリンの身体はぶるっと震えた。

「マーリン、ひょっとしてもう達《い》ったのか？　君は後ろから突かれるほうが感じるのかな？」

「ちが……あ、それは……ああっ、違うの、そうではなくて……あぁ、もう、もうダメ、ダメですっ」

ハインツの唇が背中に押し当てられ、腰を摑んでいた手が胸を包み込んだ。

その瞬間、結い上げていた髪がハラリと落ちた。腰まである長く豊かな銀髪——ハインツは髪に顔を埋め、食《は》むようなキスを繰り返した。

「美しい髪だ……いい香りもする。このままずっと、君とひとつになっていたい。たとえようもなく、気持ちがいいよ」

彼はゆったりと、円を描くように腰を回している。途中、ほんの少しだけ抜き差しを加えるのだ。そのわずかな変化だけで、マーリンの躰はとろりとした蜜を溢れさせた。

「わたくしも……とても、気持ちが……いい、です」

「ああ、そうみたいだ。男の猛りに蜜が絡みついて、溶かされてしまいそうなほど熱い。今、君を貫いているのはこの私だ。他の男の顔など思い描くんじゃないぞ」

ハインツはゆるりとした抽送を繰り返しつつ、前のめりになってマーリンの耳元でささやいた。

「もちろん……です。わたくしの中にいらっしゃるのは……ハインツ様、だけ……はぁうっ！」

「そうだ。君の躰を知っているのは私だけだ。たとえば——」

言うなり、抽送のペースが速くなった。

これまでになく、強く激しく腰を突き動かす。彼の肉棒は的確に、マーリンが挿入された瞬間に達してしまった場所を刺激する。

「ここだろう？　ほーら、途端に甘い蜜が噴き出してきた」

ふたりの繋がった部分から、ズチュズチュと淫らな水音が中庭に広がった。

アンだけでなく、他の侍女も誰もいなくて本当によかった。もし人に聞かれてしまったら、恥ずかしくて顔を合わせることもできないだろう。

「あ、あ、あ……ダメです、もう」

「達《い》きそうなのか？　まだ数えるほどしか抱いてないのに。私たちはどうやら、身体の相性がいいらしいな」

「そんな……そんなこと……あぁーっ！」

身体の相性などというものではない。ハインツの傍にいるだけで心が温かくなり、彼にキスされて優しい指先で触れられたら、あっという間に躰の奥まで蕩けてしまうだけだ。そのことが伝わらないのがもどかしい。

「ダメだ、まだ達くんじゃない。ちゃんと言葉にするんだ、マーリン」

マーリンの身体が悦楽に染まる寸前、ハインツはピタッと動きを止めた。

彼には本当にマーリンのすべてがわかっているかのようだ。自分ではどうしたらいいのかわからない。高みに昇りかけた身体を持て余し、思わず泣きそうになる。

「難しいことじゃない。私の名前を呼んで、私の子供が欲しいと言うだけだ。簡単だろう？」

甘やかな声が耳の中に溶け込んでくる。

「お願い……です。ハインツ様の……あ、赤ちゃんが……」

心の中では思っても、口に出すことは酷く恥ずかしい。身悶《みもだ》えするように、マーリンは肢体をくねらせた。

「どうした？　言えないなら、このまま抜いてしまうしかないな」

「そんな……」

ハインツは本当に腰を落とした。

その瞬間、蜜窟を塞いだ塊が、ズルリと抜け落ちてしまいそうな感覚に思わず口を開く。

「欲しいです！　ハインツ様の……あ、赤ちゃんをくださいませ。他の人じゃ……いや、だから……あ、あぅ……やっ、やぁ、あっあっ」

マーリンの答えを聞くなり、ハインツは彼女の耳朶をそっと噛み、熱を孕んだ声でささやいた。

「よく言えました。では、マーリンにご褒美をあげよう」

膣内でハインツの肉棒がさらに大きく、硬くなる。

（嬉しいって、思ってしまっていいのかしら？　ああ、でも、ハインツ様に言われて、イヤなんて……絶対に言えない）

ふたたび激しい突き上げが始まった。

張り詰めた欲棒が何度も膣壁をこすり、蜜を掻き出しながらマーリンを絶頂に押し上げる。下肢が小刻みに痙攣《けいれん》して、崩れ落ちそうになる身体を懸命に支えた。

同時にハインツの白濁《はくだく》が膣奥に吹きつけられる。ベッドの上とは胎内に流れる感覚が違った。

（本当に赤ちゃんを授かりたい。懐妊したら、あなたを愛しているから、と告白できるも

の。そうしたら、信じていただけるかもしれない）
マーリンは『願いが届きますように』と神に祈った。

☆　☆　☆

王宮の離れ〝白夜宮〟に滞在して十四日目の朝――。

『今日、貴族院を通じて議会に私の婚約が報告され、正式に認められることになった』

ハインツの言葉はいきなりで、マーリンは何も答えられずにいた。

『嬉しくないのか？』

『い、いいえ……そんなこと。嬉しくて……でも、少し怖いです』

国王夫妻の許可を得て、この離れで一緒に暮らしているという関係。マーリンが王宮にいることを知る者の間では、彼女はすでに王子妃同然の扱いだった。

マーリンは父親を亡くしているとはいえ、紛れもなく由緒ある公爵家の令嬢。ただ、後継ぎ娘であったことから三人の王子の花嫁候補と思われることはなかった。

一貴族の花嫁になるなら、吝嗇家《りんしょく》と評判のトビアスでは持参金も期待できない。夫を宮廷で引き立てることも、父親のいない彼女では無理だろう。

だが、結婚相手が王子となれば話は別。嫁ぐことが可能になった今、マーリンは身分の上では、シュテルン王国で最も王子の花嫁にふさわしいレディと言えよう。

『怖がる必要はない。議会に出されるということは、すべての手配が整ったという証だ。不満を感じている者はいるかもしれないが、それを表立って言う者はいない』

ハインツはマーリンが周囲の悪意や攻撃を恐れていると思ったようだ。

だが、彼女が恐れていたのは——愛されていない結婚。子供を授かっても授からなくても、いずれはハインツが離れていくのではないかという不安だった。


議会に出席するハインツを見送ったのが正午。それから夕方までの時間、マーリンはひとりで過ごすことになる。

「次にハインツ殿下がお戻りになられた際には、マーリン様は正式なご婚約者様ですね。ああ、楽しみですわぁ。今夜はご家族だけの夕食会とお聞きしました。これでようやく陛下、王妃様とご同席できますよ。まあ、例のフィリッパ様もカール殿下と一緒に招かれているというお話ですけど……」

ひとりと言っても侍女のアンは別である。とくに彼女の場合、ひとりでも三人分の賑やかさだ。マーリンが言葉少ななせいもあり、止めなければずっとしゃべり続けている。

他にも、中庭の入り口には常に衛兵が立ち、侵入者がいないように目を光らしていた。彼らは決して薔薇の茂みの内側には踏み込んでこない。もし踏み込んできたとしたら、それはただならぬ事態ということになる。

アンはよほど嬉しいのか、ひとしきり話し尽くしたあと、連絡が待ちきれないように王宮の様子を窺いに行ってしまった。

急に離れの居間がしーんとして寂しく感じる。

そうなると、マーリンの胸に様々な不安がのしかかってきた。

（ハインツ様は何もおっしゃらないけれど、ヴェランダル・パレスで彼の帰りを待つ女性のことは、どうなさるおつもりかしら？　それも、お子さんと一緒に）

今回のきっかけとなった王宮の夜会、あのときに彼は言ったのだ。『子種のほうもちゃんとあるから、その点は安心してくれ』と。

（女性から懐妊を告げられたご経験があるから、あんなふうに言われたと思うのだけど、でも……認知すらできないほどのご身分なのかしら？）

友好国とは言いがたいドゥ・コロワ国大使の娘でも王妃になれる。牧師の娘であっても、反対さえ押しきれば公爵夫人となれる国だ。

それが公表すらできない相手とは、どんな立場の女性なのだろう。

(わたくしの考え過ぎならいいのに。本当はヴェランダル・パレスに女性も子供もいない。でも、考え過ぎでなければ……わたくしに子供が授からず、フィリッパ様が強硬手段に出られたときは)

ハインツはたとえ庶子でも我が子と宣言して王宮に連れてくるかもしれない。あるいは、マーリンと離婚して後妻として迎え入れる可能性も捨てきれなかった。

そこまで考え、そんな女性が本当にいるのなら、最初からマーリンを妻にしないはずだ。その女性を妻に迎えれば済むこと、という答えにたどり着く。

そしてふたたび、最初の疑問に戻ってしまう。

そのときだ、ふいに衛兵の大きな声が聞こえてきた。

「――殿下！　どうかお待ちくださいませ。自分たちでは判断いたしかねます。上の者に……いえ、ハインツ殿下に確認を取って参りますので」

居間のサロンセットではなく、窓際のカウチソファに腰を下ろし、寛《くつろ》いでいたマーリンは慌てて立ち上がった。

(衛兵がこんなふうに声を荒らげるなんて、いったい、誰が……)

マーリンはハッとして全身に緊張が走る。

やって来たのが王弟グスタフだとしたら、自分はどんな対応をすればいいのだろう。彼は正式な決定を知り、嫌みのひとつも言うつもりで乗り込んできたのかもしれない。

だが、次の言葉でその可能性はなくなった。

「お止まりください、アラン殿下！」

衛兵が引き止めようとしている相手が第一王子のアランとわかり、ホッとすると同時に新たな緊張に包まれた。

マーリンは急いでエントランスを通り抜け、玄関から外に出ようとしたが……ひと足遅かった。

先に扉が開かれ、アランが建物の中に入ってきたのだ。そこに衛兵の姿はない。侍女のアンがいない今、マーリンはたったひとりでアランと対峙しなくてはならなかった。

（ああ、せめて離れの外なら、衛兵の目の届く場所でアラン殿下と対面できたのに。あの衛兵が誰かを呼んできてくださるまで、ひとりで頑張るしかないわ）

アランはマーリンから数秒遅れて、居間から出てきた彼女に気がついた。

「これはこれは、リンデル公爵家のレディ・マーリンではないか。私はこの国の第一王子で、この王宮に住んでいるというのに、弟が〝白夜宮〟に女を連れ込んでいると今日知らされたのだよ。しかも、その女との婚約が成立した、と」

アランは王妃と同じ癖毛をしていた。だが色合いが違う。薄茶色の王妃よりだいぶ濃いブラウンをしていた。瞳はハインツと同じ色、背丈も同じくらいか。だが、痩身のせいか神経質な印象を受ける。

アランの色白で繊細な容姿は社交界においてハインツより美男子と評されるはずだ。それなのに、淫欲の塊に見えたグスタフのほうがマシに感じてしまうのはなぜだろう？

マーリンは不快感を悟られないよう、注意を払って口を開いた。

「ご挨拶が遅れて申し訳ございません。アラン殿下には、デビュッタントの舞踏会で踊っていただいたことを覚えております。その節は、大変ありがとうございました」

彼女が着ているのは薄絹で織られた金紗《きんしゃ》のデイドレス、それも胸元が大きく開いたデザインだった。まさか、ハインツ以外の男性がこの離れまでやってくるとは思わず、慌てて絹サテンのショールを羽織ってきたものの、どうも心もとない。

手で前を掻き合わせているだけなので、正式なお辞儀をしようとするとショールが滑り落ちてしまいそうだ。

そんなマーリンの様子に気づいたのか、アランはつかつかと目の前までやってきた。

「ああ、覚えているとも。あのときは公爵家の後継ぎ娘だった。今は爵位だけでなく、領地も屋敷も叔父のものになったとか。それで、その美しい容姿を武器にハインツに取り入ったのか？」

嫉妬、憎悪――負の感情をぶつけられ、マーリンは気後れして足元がふらついた。

「おやおや、身に覚えはない、とでも言いたげな目ではないか。私は知っているのだよ。叔父の新公爵と結託してグスタフ殿に取り入ろうとしたが、処女でないことがばれて失敗したらしいね？」

「違います！　王弟殿下のことは、叔父様がお決めになったことです。わたくしは、ずっとお断りして……」

「そうであろうな。五十を過ぎたグスタフ殿より、ハインツのほうがよほど魅力的だ。しかし、王位に興味はない、結婚もしないと言っていた男を、あれほどまでに変えるとは……恐ろしい女だ」

「あれほど……と言われましても」

「とぼけるな。おまえが言わせたに決まっている。フィリッパどころではない、したたかな女狐というわけだな」

ハインツはいったい何を言ったのだろう？

非常に気になるが、このアランの様子ではマーリンが何を尋ねても教えてくれそうにない。

「わかりました。わたくし、ハインツ殿下に直接お聞きして参ります」

軽く会釈して、マーリンは外に出ようとした。

ところが、アランは横をすり抜けようとした彼女の肘を乱暴に摑んだのだ。

「い、痛い……放して、くださ……あ……」

その瞬間、黒い絹サテンのショールが肩から滑り落ちる。スクエアネックの大きく開いた胸元が露わになり、白磁の肌とふっくらとした谷間がアランの前に晒された。

マーリンは慌てて片方の手で胸元を隠すが、とても覆いきれるものではない。

彼女は必死になって摑まれたほうの腕を揺さぶり、アランを振り払おうとした。しかし、彼は腕を摑んだまま、マーリンの胸を凝視《ぎょうし》している。

「ほお。これまた、ずいぶんと美しい肌をしているな。ハインツが夢中になるだけのことはある」

アランの声に淫靡《いんび》な色が加わった。

彼はマーリンを引き寄せ、ぴったりと身体を寄せてささやく。

「ひとつ提案がある。グスタフ殿からハインツへ、次は私に乗り換えるというのはどうかな？　首を縦に振るなら、ヨハンナとはすぐに離婚しよう」

なんと酷い男なのだろう。二年も寄り添った妻に対して、愛情どころか尊敬の念すら感じられない言葉だ。

だが、どれほど怒りを覚えても、相手は第一王子でハインツの兄。礼を失するような態度を取るわけにはいかなかった。

「誰の子を孕んでいてもかまわぬ。父上の前で、私の子だと言えばそれで許そう。どうせ夫の役目は、妻の産んだ子を我が子と呼ぶことなのだからな」

耳の近くでククッと喉を鳴らすような笑い声が聞こえた。

それは国王夫妻すら嘲笑《あざわら》う不遜《ふそん》な言葉だ。摑まれた腕の痛みとともに、自国の王子に対する敬意も消え去り、マーリンの胸は怒りでいっぱいになる。

「アラン殿下！　女は命を懸けて子供を産むのです。愛する夫のため、愛する人の子供を腕に抱くために。アラン殿下のお言葉は、お母上であられる王妃様をも蔑んでおられます。訂正なさってください！」

彼女は瞬きもせず、厳しいまなざしでアランを見上げた。

だがそれは、アランにすれば不愉快極まりないことだったらしい。彼の白い頰は見る間に紅潮して、プルプルと引き攣《つ》っている。

「お、おまえのような……娼婦同然の女が、この私に説教だと!?　身のほどを知れ！　この売女《ばいた》が!!」

アランは王子とも思えぬ悪態をつき、マーリンに向かって手を振り上げた。

彼女は片手で胸元を押さえたまま、ギュッと目を閉じる。

だが――いつまで待っても、アランの手は彼女に振り下ろされなかった。

「弟の婚約者を娼婦呼ばわりか？　まさかとは思うが、本気でこの手を振り下ろすつもりだったとは言わないよな？」

いつの間に戻ってきていたのだろう。そこにハインツがいた。彼はアランがマーリンに向かって振り上げた手首を摑んでいる。

言葉遣いは軽く感じるが、ハインツの目は笑ってなかった。

「マーリンから手を放せ。――今すぐだ」

アランはビクッとしてマーリンの腕を放した。

数歩後ずさって、あらためてハインツに向き合う。

「そ、それが、兄に対する態度か？　カールのことを、笑っていたおまえがこのザマか？」

「別に笑ってなんかいないさ。あのフィリッパじゃ、カールは幸せになれないと思っただけだ」

「ふん！　おまえも同じだ、こんな小娘の罠に嵌《は》まるとは……。母上も末っ子のおまえには甘過ぎる。カールのときは同衾《どうきん》したと聞くなり、ヒステリーを起こして叱りつけたのを覚えてるか？　それが今回は〝白夜宮〟を用意してやり、共寝まで許すとは」

俄に勢いを取り戻し、アランは大げさな仕草で嘆いてみせた。

「すでに孕んでいるとしたら、果たして誰の種やら。グスタフ殿ならまだよいが、どこの馬の骨ともわからぬ男の……ぐぇっ」

アランが奇妙な声を上げたのは、ハインツが長兄の襟首を摑んだせいだった。そのまま扉まで引きずり、外に叩き出す。

石畳の上に尻もちをつき、アランは今にも飛びかかりそうなほど眉を吊り上げた。

だが、怒りの度合いはハインツのほうが上だった。

「言いたいことはそれだけか？　だったら、とっとと失せろ。いいか、アラン——今度、私のいない場所でマーリンに近づいたら、兄弟の遠慮は捨てるぞ。王宮だけじゃない、フリークルンド市にもいられなくなると思え！」

マーリンにささやくときとは天と地ほども違う声だった。ナイフで切り裂くような鋭く冷ややかな声。彼女は膝が震えたが、アランはもっと驚いた顔をしている。

何も答えず、ハインツの顔も見ずに、アランは立ち上がるなり王宮に向かって走り出す。

マーリンはアランに摑まれた肘をさすりながら、兄を見送るハインツの厳しい横顔をみつめていたのだった。

「痛むか？」

ハインツはアランが見えなくなるなり彼女のもとにやって来て、突然抱き上げた。

びっくりして声も出ないマーリンにかけた言葉が、アランに摑まれた腕を気遣ってのものだったのでさらに驚きだ。

すぐ目の前にハインツの瞳がある。

同じ色なのに、こんなにも違う印象を受けるのは、やはり自分がハインツを愛しているからだろうか？

そんな思いを抱きつつ、マーリンは小さく「いえ」と答え、首を横に振った。

「議会で承認を得たあと、王宮に戻って王室法の件で話し合いがあったんだ。そのあと、アランの姿が消えて……まさかとは思ったけど、急いで戻ってきてよかった」

「ハインツ様が何かおっしゃったとかで、それをわたくしが言わせた、と。あなたを変えたと言って、怒っていらっしゃいました」

アランに言われたことを思い出しながら、彼の狂気じみた様相まで思い出してしまい、ぶるっと身震いする。

「ああ、婚礼は大聖堂で今月中に挙げたいと言った。立太子式と一緒にやる気はないし、ひっそりと済ませる気はもっとない――ってね」

彼は実にアッサリと、笑いながら答えた。

今月中などとは無茶を言ったものである。マーリンが喪中ということもあるが、大々的な挙式を希望するなら、相当な準備期間が必要だ。近隣諸国から王侯貴族を招くなら尚のこと。

だがそれ以上に、一番の驚きは『立太子式』という言葉だった。

「そんなことを……おっしゃられたのですか？」

「もちろん！　そっちのほうは来年の予算に組んでおいてくれ、と頼んでおいた」

「殿下!?　あ、いえ、ハインツ様！　何度も言いますが、子供は神様からの授かりものです。望めばすぐに授かるというものでは……」

「わかってるって。これはフィリッパに早まった真似をさせないためだ。子供はひとりじゃ作れない。危険を冒《おか》してまで王子の妃に手を出そうなんて男は、裏によからぬたくらみがあるに決まってる。だが、勝ち目がないとわかれば、彼女も今の地位を守ろうとするだろう」

ハインツの狙いはフィリッパの失脚《しっきゃく》ではない。そして、兄たちを排除して、彼自身が王太子の座に就くことでもなかった。フィリッパが今の地位、言い換えるなら、夫であるカールを大切にしてくれること。正当な手段で王妃の座に就くのであれば、異は唱えないと言っているのだ。

（やはり、ハインツ様は少しも変わっていないわ。初めてお会いしたときと同じで、ごく自然に周囲の人たちを気遣える方なのよ）

そう思うと嬉しくなって、マーリンは彼の首に腕を回し、ギュッと抱きついた。

それはちょうどハインツが彼女を横抱きにし、居間ではなく螺旋階段を使って二階に上がろうとしたときの出来事だった。

彼は階段の一段目に足をかけたまま、抱き上げたマーリンの唇を奪う。

「ん……んんっ……まだ、明るくて……こんなところで……」

議会の承認が下り、ふたりの婚約が正式なものとなったのなら、アランだけでなく他の人が訪ねてくる可能性もないとは言えない。

エントランスで挨拶以上のキスなどするべきではない。

そう言いたいのだが……。ハインツはついに膝を折り、マーリンを階段に座らせてキスを続けた。

「アランが触れたのは腕だけか？　この、柔らかな胸に触れたりしなかっただろうな？」

「そ、そんなこと……腕を、摑まれただけです」

アランの視線が谷間に釘づけとなり、いやらしい声色に変わったことは言えなかった。

「あ、あの……夕食会があると、アンから聞きました。出席する用意をしなくては……あ、やぁんっ」

彼の下から逃れようとするが、逆に腕を摑まれて押さえ込まれてしまう。

肘にはうっすらと指の痕《あと》が残っていた。そこに唇を押しつけられ、チュッチュッと優しいキスを繰り返す。その後、いきなり舌で舐められたときは、ヌルッとした感覚に鼓動が跳ね上がった。

「夕食会まではたっぷり時間がある。と言ったら、どうする？」

肘を舐めながら、ハインツは悪戯《いたずら》をたくらむ少年のような目をした。

「ハ、インツ……様……本当に、もう、こんな場所で……許してくださ、い」

「そんな色っぽい声で言われたら、余計に許せなくなるな」

マーリンは階段の三段目に座らされていた。

ドレスの裾が捲れ上がり、恥ずかしくて膝を曲げて身体に引き寄せたら、さらに捲れて……短めのドロワーズまで露わになってしまう。

慌てて、自由になるほうの手で裾を下ろそうとしたが、ハインツの手のほうが早かった。

「愛する人の子供――か。マーリン、君が命を懸けて産むのは、私の子供なんだけどね」

「それは……そのことは、もちろんわかっております。わたくしが言ったのは……」

ハインツの指が膝から太ももをなぞる。と同時に、彼の唇はスクエアネックの胸元に移動した。

金紗は軽くて柔らかくて風通しがいい。その分とても薄くて、硬くなった胸の突起すら気づかれてしまうくらいだ。彼の唇は当然のように、その部分に押し当てられた。

「ああ、本当だ。君の身体は充分に理解してる。キスだけで乳首を勃たせるとは。よっぽど、子供を作る行為が気に入ったってことかな?」

マーリンは唇を噛み締め、首を左右に振る。

だが、言われたことのすべてが違うとは言えなかった。

ハインツに触れられる場所はすべてが心地よく、いけないと思いつつ悦楽の泉に身を浸してしまう。自分が淫らではしたない女になったみたいで、最初は亡き母に恥ずかしい思いでいっぱいだった。

でも今は……。

（ハインツ様の言うとおりにするほうが優先なんて……わたくしはどうしてしまったの？）

両親の教えに従い、貴族の娘として規律正しい生活を送る。そんな考えはこの王宮でハインツと再会した直後に消えてしまった。

（人を愛するって、当たり前のようにあった理性を失ってしまうことなんだわ）

ハインツの指先がドロワーズの割れ目からスルリと滑り込んだ。

「ドゥ・コロワ国では、ここを縫い合わせたものを穿く女性が増えたらしい。男としては、開いているほうが嬉しいんだが」

濡れそぼつ花びらを見つけ、蜜の滴る隘路に指を入れると、ハインツは楽しそうに笑った。

「すぐに触ることができるし、このまま交わることも……」

彼は唇で金紗を咥《くわ》え、スッと引っ張る。片方の胸がポロリと零れ出て、尖った先端に彼は直接吸いついた。

もう、耐えられなかった。

上と下を同時に責められ、マーリンは恥ずかしい声を上げてしまう。

「んっ……ああっ！　あぁ、やぁ、もう……許して…これ以上、これ以上はぁ……あぁん、あ、そこ、そこは……やめ、てぇ」

ハインツはまだ着替えも済ませていない。それも議会に出たため正装だ。黒のテールコートを羽織ったまま、今日は珍しくクラヴァットを結んでいた。ただ、公式用の白ではなく赤という辺りが彼らしい。

彼はトラウザーズを吊したブレイシーズだけを外し、前を寛がせる。

階段に座ったままマーリンは大きく脚を開かされ――。

「はぁ……うっ、あぁぁーっ！」

次の瞬間、彼を受け入れていた。

マーリンは身体を支えきれず、手を伸ばして螺旋階段の手すりを掴もうとする。だがその手をハインツが掴み、彼の首に回して抱きつかせた。座った格好で上半身を密着させると、男の欲棒は蜜襞《みつひだ》を掻き分け奥へ奥へとめり込んでくる。

「あぁ……奥に、当たっていて……もう、いっぱいだから、これ以上、深くは……無理」

「奥が苦しい？　痛むようなら、少し抜こうか？」

痛みではなく、苦しいのとも少し違う。ただ、自分の中が隙間もないほどギチギチに詰まった感じだった。さらには、目に映る螺旋階段やエントランスのシャンデリアに羞恥心を煽《あお》られ、余計に意識してしまう。

（こんな、ところで……それに、外はまだ明るいのに）

そんなことを考えれば考えるほど、ハインツの猛りが硬く大きくなっていくみたいだ。

「ハインツ……様、あの……そんなに、大きくしないで……ください。きつくて……抜けなくなって、しまうかも……」

マーリンは真剣だった。とても抜き差しができる大きさではない気がして、はしたないと思いながらも口走ってしまう。

すると、ハインツは堪えきれないといった様子で笑い始めた。

「君の膣内がギューギュー締まって、私のコイツを扱《しご》くんだから仕方がないだろう？　もっと締めつけられたら、すぐに降参するよ。まあ、抜けなくなるという心配はないな」

彼はマーリンの頬や耳元に口づけ、

「一滴残らず子種を放出すれば、楽に引き抜けるさ」

そんな生々しい言い方をする。

「ハ、ハインツ様……そんな、言い方ばかり……あん、やぁん……わたくしに、恥ずかしい思いを、させ……て、ああっ！」

ぴったりと局部を重ね合わせ、身体ごと揺さぶった。ズズッ、ズズッと最奥から緩やかな悦びが下腹部に広がる。それはマーリンが初めて知る、甘い苦しみだ。

「もう……我慢できない。マーリン、抜けなくなる前に射精《だ》すぞ」

荒々しい息を吐きながら、それでもハインツは余裕があるのか冗談を言う。刹那、短い呻き声がマーリンの耳に届き、まさに爆ぜる寸前、小刻みに痙攣する肉棒を感じた。

「あ……あぁ、ハインツ様、ハインツ様ーっ！」

我慢できないのは彼女も同じだった。

激しく下肢を戦慄かせ、互いの秘所をこすり合わせ――そのとき、予想外のことが起こった。

本来なら聞こえるはずの、石畳を走る足音やノックの音。だが、夢中になっていたマーリンの耳には届くはずもなく。唐突に、玄関の扉が開かれた。

「大丈夫でございますか、マーリン様！　アラン殿下がお越しになられたと……」

飛び込んできたのはアンだった。

螺旋階段は扉の正面にある。そこで抱き合っているふたりを、見るなというのが無茶な話だ。

だが、アンはまだ二十代でしかも独身。こういった場面をさらりと流せるほどの経験もないらしく、絡み合う男女の姿を見るなり、口を開けたまま固まってしまった。

ハインツの肩越し、そんなアンの姿と正面から向き合ってしまい……マーリンも悲鳴を上げるタイミングを逃してしまう。

（ああ、どうしましょう……でも、まだ、ハインツ様が……）

絶頂に身を委ね、マーリンの身体は打ち震えていた。アンに見られているとわかっていても、すぐさま快楽の余韻《よいん》を消すことなどできない。

何より、膣奥に感じる熱い奔流。限界まで膨れ上がった肉棒がドクドクと脈打ち、吐精を続けている。ハインツも扉が開いたことには気づいているはずだ。でも一旦放ち始めると、すべてを吐き出すまで止められないのだと思う。

ほんの数秒――だがマーリンには数分、数十分にも感じる。

マーリンは余韻が去ったあとも、何も言えずにいた。アンはアンで完全に思考が停止してしまったみたいだ。微動だにせず、立ち尽くしている。

やはり、こういった経験の差だろうか、最初に言葉を発したのはハインツだった。

「アラン殿下は帰ったよ。見てのとおり、取り込み中でね……すまないが、一時間くらいしてから出直してくれ。それとも、後学のために見ていくかい？」

ほんの少し息が上がっているが、口調はいつもと変わらない。

そんなハインツの声にアンもようやく我に返った。

「い、いえっ！　申し訳ございません！　一時間ですね……アラン殿下がおられないなら……マーリン様に何ごともなければ……し、失礼、いたしますっ！」

よくわからない返事をしつつ、アンは脱兎《だっと》のごとく玄関から飛び出していく。

誰もいなくなり、やっとマーリンも声が出せた。

「どうしましょう……こんな姿を見られてしまいました」

「見られたから、どうだと言うんだ？　今の私たちに課せられた、最大の使命を果たして

いたところじゃないか。褒められこそすれ、叱られる覚えはないよ」
平然と答えるハインツを見て、心の軽くなるマーリンだった。

第五章　彼の愛する女性

家族だけの夕食会は、国王夫妻が日常的に使われている食堂《ダイニングルーム》で行われた。

マーリンをハインツの婚約者として、第一、第二王子夫妻に紹介するのが目的だ。本来ならマーリンの叔父で後見人のリンデル公爵夫妻や王弟グスタフも呼ばれそうだが、ハインツから事情を聞いた王妃が除外したという。

淡いグリーンで統一された食堂は、市内にある多くの貴族の屋敷と比べれば、大広間に匹敵するサイズだった。品のある装飾画があちこちに飾られ、調度品は新品のように磨かれている。

食事中は壁際に女性給仕たちが静かに並んだ。

彼女たちは一切の無駄口をきかない。他の侍女たちとは違って、黒いドレスに胸当て付きの白い大きなエプロンをつけ、黙々と給仕の役目を果たしていた。

そんな女性給仕たちの規則正しい動きを見ているだけで、マーリンも身の引き締まる思いだ。

そしてそれは、次々と出される料理を見てさらに強くなった。

雉《きじ》のスープ、ロブスターのカーディナルソースと続き、アントレにはフォンブランにブルーテのソースをかけた子牛の料理、横には甘いビートの根が添えられている。さらにはメインとなる鹿《しか》肉のローストに子羊の煮込み。温野菜も別皿にたっぷりと盛られていた。ラストは甘いデザートだ。フルーツのマセドアンからパイナップルを選び、マラスキーノ酒が入ったゼリーをかけて食べる。

甘いものは大好きだが、ドレスやコルセットのことを考えたら控えざるを得ない。

だが、今夜だけは……。まるで公賓を招いての晩餐会並みの料理を、国王夫妻は新しく娘となるマーリンのために用意してくれた。そんな思いに、マーリンは応えたいと思ったのだった。

夕食会を終え、男性陣は別室に移った。残った女性陣も、ダイニングテーブルからサロンセットのほうに移動する。

だがしだいに、食堂の雲行きは怪しくなっていき――。

「ほほほ……今月中に結婚式を挙げたいなんて、ハインツもすっかり恋する男ですね」

隣に座った王妃は声を立てて笑いながらマーリンの手を取る。この時点では、まだまだ和やかな空気が流れていた。

「あの子の願いが叶うかどうかはわかりませんが、あなたはこのまま王宮に滞在なさいな。生まれ育った屋敷に思い入れはあるのでしょうが、今のリンデル公爵とはお父様の葬儀で初めて会ったのでしょう？　ここにいたほうが安全ですよ。ねえ、ヨハンナ、あなたも気がついたことがあれば教えて差し上げなさい」

王妃は自分の向かいに座るアランの妃、ヨハンナに柔らかな声をかけた。

当のアランは誰よりも先に、そそくさと食堂から出ていった。おそらく〝白夜宮〟のことがあり、後ろめたいのだろう。

残されたヨハンナは、黒髪にヘーゼルの瞳、体型も含めてすべてにおいて控え目な印象の女性だ。彼女は夫の行動をとくに訝《いぶか》しむ様子もなく、王妃の言葉に微笑を浮かべ「かしこまりました」とだけ答えた。

そして、この和やかな空気を壊したのがヨハンナの隣に座ったフィリッパだった。

「あら、お義母《かあ》様。どうしてあたくしには、教えてやれとおっしゃられないのかしら？　年上のヨハンナ様より、あたくしのほうが年齢も近くて話が合うと思うのですけど」

彼女は実に鮮やかな金髪《ブロンド》をしている。くるくると巻かれた髪は太陽の光を浴びればもっと輝いて見えるだろう。青い瞳は目尻が吊り上がっているせいか、きつい印象だった。

フィリッパのドレスのウエストは折れそうなほど細い。コルセットで締めていることは間違いないのだろうが、夕食会でもマーリンの半分も食べていなかった。それでいて、胸とお尻はとても豊かで羨《うらや》ましい限りだ。

レモンイエローのスレンダーなドレスを身につけたヨハンナとは、何から何まで対照的だった。

「ねえ、ヨハンナ様もいつまでも期待されるのはおつらいでしょう?」

「いえ……私は」

フィリッパに詰め寄られ、ヨハンナはたじろいで黙り込む。

「およしなさいフィリッパ。ヨハンナは関係ありませんよ。月に一度も王宮に来ない方に、何を頼めと言うのです?」

声を上げたのは王妃だった。

だが、フィリッパも負けてはいない。

「あたくしがブランシャール宮殿に移ったのは、ヨハンナ様に気を遣ったからですもの。お兄様ご夫婦が王宮を出られるなら、カール様と一緒に喜んで戻ってきますわ」

「それはお優しいこと。けれども、その気遣いは無用ですよ。結婚後はハインツが王宮に戻ることになりました。あなたやカールに無理を言うつもりはありませんから、安心なさい。ヨハンナ、マーリンと仲よくね」

「はい。もちろんでございます」

王妃の言葉にハッと我に返った様子で、ヨハンナはマーリンに笑顔を見せる。

ヨハンナに応えようとマーリンも笑顔を返すが……ひとり除《の》け者にされたフィリッパは、怒りの炎を口から吐きそうな形相《ぎょうそう》でこちらをみつめていた。

「マーリンもよろしいわね」

いきなり王妃から名前を呼ばれ、

「は、はい。よろしく……お願いいたします」

ようよう、それだけを口にしたのだった。

王妃が退席すると、ほんの少し張り詰めていた空気が緩む。だが、フィリッパがいる限り、穏やかなムードを取り戻すことは不可能らしい。

「まったく、食えない王妃だわ！　結婚前に妊娠したことが、自慢になるとでも思ってるのかしら？　自分は尻軽で、王子を罠に嵌めたと宣伝しているようなものじゃない」

フィリッパの口調が一気に荒《すさ》む。

マーリンは息を呑むほど驚いたが、王宮で働く者たちやフィリッパの連れてきた小間使いは平然としていた。フィリッパの発言に手を止めるでもなく、淡々と自分の仕事をこなしている。

「ねえ、あなたの母親って牧師の娘なんですって？　わざと身籠もって公爵夫人に納まったって聞いたわ。でも、子供はあなたひとりなんて、本当に公爵様の種だったのかしら？」

フィリッパの嘲笑《ちょうしょう》を聞いた瞬間、全身の血が沸騰《ふっとう》するのを感じた。

だが、仲よくするよう言われた矢先に、声を荒らげるわけにはいかない。

「しかも、その母親が六人姉妹だなんて！　女腹もいいところじゃない。仮に身籠もってるとしても、産まれてくるまでわからないわね。性別も、父親も」

マーリンは深呼吸して気持ちを静め、口を開いた。

「それは、わたくしと王弟殿下の縁談についておっしゃっているのでしょうか？」

「そうね……それも、あるわね」

「他の件は存じませんが、王弟殿下とのお話はすべて誤解です。ハインツ殿下との婚約をご存じなかった叔父が、早まって進めてしまっただけですから」

ハインツが国王夫妻にした言い訳をマーリンも繰り返した。今となっては、他に言いようがない。

しかし、これくらいで納得するフィリッパではなかった。

「あら、いやだ。それは大変ねぇ」

マーリンのことを馬鹿にしたように、フィリッパはクスクスと笑う。

「まあ……ハインツが半年前の夜会に出席していたのは本当みたいだし。でも、お盛んなレディ・マーリンですもの。火遊びのつもりが、お父様が亡くなって、よっぽど困窮《こんきゅう》されたのねぇ。新公爵に頼んで、王宮まで乗り込んでくるなんて」

彼女の話す内容は全く意味がわからない。だが、嫌われていることだけはよくわかった。

「これ以上、話していても無駄なようです。わたくしはこれで……」

「ブランシャール宮殿のサロンにはいろんな方が来られるのよ。そう、たとえば――ベント・ダーヴィドソン卿とか」

立ち上がろうとしたマーリンの動きが止まる。

フィリッパはブリゼ型の扇を顔の前で広げながら、正面からマーリンの隣に席を移ってきた。

「夜会を抜け出すのがお得意だったみたいね。ダーヴィドソン卿とも裏庭でいろいろ……楽しい時間を過ごしたんですって？」

「フィリッパ様は何をおっしゃりたいのでしょう？」

「決まってるじゃない。ダーヴィドソン卿はね、大勢の前で宣言したの。――自分はレディ・マーリンから純潔は奪っていません。ないものは奪えませんから――とね」

深い関係にはなったが、そのときすでにマーリンは処女ではなかった――言葉の意味はそんなところだろう。

それを理解した瞬間、マーリンは恥ずかしさと怒りに全身が熱くなった。

半年前の夜会で、ダーヴィドソン卿がマーリンとハインツに恥を掻かされたと思っていてもおかしくない。その証拠に、あの夜会以降、父の口から求婚者として彼の名前を聞くことはなくなった。

それ以前は、父の顔を見るたびに結婚の許可を求め、マーリンにもしつこいほど『外で会いたい』と誘い続けていたにもかかわらず、だ。

結果的に、あれが最後の夜会になってしまった。だが、そうでなくともダーヴィドソン卿は二度と現れなかったような気がする。

（でも……だからと言って、酷過ぎるわ）

マーリンは悔しくて堪らない。

「ああ、ひょっとしたら、王妃様はすべてをご存じで、あなたを〝白夜宮〟に閉じ込めているのかもねぇ。確実に、孫を身籠もるように。なんといっても、母親が母親ですもの」

フィリッパのクスクス笑いが耳につく。

そのまま食堂を……いや、王宮も飛び出してしまいたい。でも、それではこのフィリッパに負けることになる。

マーリンはクッと顔を上げた。

ハインツが用意してくれた、鮮やかな紫《モーヴ》に染め上げた絹ファイユのドレス。その裾を優雅にさばき、マーリンはフィリッパに向き直る。

「フィリッパ様、ダーヴィドソン卿が何をおっしゃっても、わたくしの名誉を傷つけることはできません。神はすべてをご存じです。ですが、亡くなった両親を貶める言葉は、わたくしが許しません！」

フィリッパの顔に動揺が広がった。一見おとなしく、口数も少ないマーリンが言い返すとは思ってもいなかったのだろう。

「おふたりは心から愛し合って結ばれたご夫婦ですし、わたくしは間違いなく、先代リンデル公爵クリストフの娘です!!」

マーリンが血相を変えて詰め寄ったとき、フィリッパの小間使いが、カールの従僕がフィリッパを呼びにきている、と伝えた。

すると、さすが〝やる気満々〟に〝王妃の座〟を目指しているだけのことはある。表情に余裕を取り戻し、サッと立ち上がった。

「嫌だわ。何をむきになってるのかしら。ああ、馬鹿馬鹿しい。あたくし、帰らせていただきますわ」

パシンと扇をたたみ、食堂から出ていく。

テーブルはすでに片づけられ、女性給仕たちの姿も見えない。食堂の中はヨハンナとふたりきりで、急に静まり返った。

ふと気づくと、ヨハンナがうつむき肩を震わせていた。

（今の言い争いにショックを受けられたのかしら？　それとも、フィリッパ様の言葉を鵜《う》呑《の》みにして怒ってしまわれた、とか？）

なんと言って声をかけたらいいのか、マーリンが迷っていると……ヨハンナは顔を上げて吹き出した。そのまま大きな声で笑い始める。

マーリンは開いた口が塞がらず、呆気に取られてヨハンナを見ていた。

「あら、ごめんなさいね。でも、公爵家の箱入り娘と聞いていたから、気位が高くて何もできないレディだと思い込んでいたの。そうしたら、あのフィリッパを言い負かすんだもの。あなたって最高だわ！」

控え目な印象はどこかに吹き飛んだ。マーリンが返事もできずにいると、ヨハンナは目に涙を浮かべて笑い続ける。

「私の実家は男爵家なの。フィリッパは〝一応〟伯爵家のご令嬢でしょう？　そのせいで酷く馬鹿にされてきたから、いろいろと不安だったのよ」

ヨハンナは笑顔のまま、しんみりした声に変わった。

兄がふたり、弟がふたりいるという彼女は、男系の血筋を見込まれてアランに嫁いだ。男爵家にはこれといった領地がなく、非常に貧しい暮らしだったという。だが彼女が王子の妃になったことで、男爵家には領地が与えられ、父親は貴族院に議席ができた。兄たちは士官として入隊し、弟たちも王族と同じ寄宿学校で学べることになった。

「夢見た結婚とは違ったけど、不満はないのよ。子供を授からないのも、本当は私のせいじゃないって誰もが知ってることですもの」

「えっと……違うのですか？」

「そうね、たとえば……どれほど頑張って畑を耕《たがや》したとしても、種を蒔かないと何も実らないの。私の言ってる意味がわかるかしら？」

マーリンは少し頬を染めてうなずいた。

「あの、そのことをフィリッパ様はご存じないのでは？」

すると、今度は口元を押さえてヨハンナは眉根を寄せた。どうやら、笑いを堪えているらしい。

「ねえ、マーリン。アラン殿下はあなたに言い寄ったでしょう？」

まるで見ていたように断定され、マーリンは目を見開いた。

「あの人、結婚直前のフィリッパにも言い寄ったのよ。弟に先を越されないためと、身籠もっていたら自分の子供として産ませるために。そうしたら、フィリッパはなんて言ったと思う？」

フィリッパはカールの妃だ。それは彼女が、アランよりカールを愛しているから、と信じたい。だが、先ほどの彼女の言動から考えて、そんな甘い理由ではないように思う。

マーリンがそう答えると、ヨハンナはうなずきながら、アランがふられたときの台詞《せりふ》を教えてくれた。

『あたくし、愛する夫の子供を産みたいと思ってますの。でも、アラン様では叶いませんでしょう？』

まさに、洟《はな》も引っかけない対応で、ヨハンナはこっそり覗き見しながら、アランが気の毒になったという。

ヨハンナの話を聞きながら、マーリンはふと気になったことを尋ねた。

「先ほどヨハンナ様がおっしゃった〝一応〟とは、どういう意味ですか？」

「まあ、あなた、ハインツ殿下から何も聞いてないのね。フィリッパはヨーランソン伯爵家の養女なのよ。本当は商売人の娘らしいわ」

彼女自身に兄が三人もいて、実の両親はふたりとも兄弟が多かった。そんな理由で伯爵はフィリッパを養女にし、王宮まで連れてきたらしい。

フィリッパが十九歳まで社交界デビューしていなかったのは、田舎育ちだったからではない。その歳まで、彼女が貴族ではなかったからだ。垢抜けない仕草ももちろん芝居で、カールと付き合うようになってあっという間に磨かれていった――というフリをしているのだ、と。

なんとも言えず、マーリンは切ない気持ちになる。

「カール殿下は誠実ですし、慎重な性格をしておいでなのに。どうして、あんな女性に引っかかってしまったのか……残念でならないわ」

ヨハンナはため息をついた。

だが、今のヨハンナの姿に、マーリンは同じ感想を持った。

(ヨハンナ様は王宮で揉め事を起こさないために、おとなしくて控え目な女性を演じておられるのだわ。本当は家族のために結婚を決めた立派な方――でも、そのお相手があのアラン殿下だなんて)

マーリンも子供ではない。ひたすら愛が優先される生き方など、容易ではないことくらい承知している。

思わず、尊敬のまなざしでヨハンナをみつめていると、彼女はこれまでと違って複雑そうな表情をした。

「あなたって、とても素直でわかりやすい方ね」

「そう……でしょうか?」

「ええ。だって、愛もない、子供も望めない結婚生活を続けなくてはならないなんて、と私に同情しているでしょう?」

「いえ、わたくしは……貴族の娘として、ヨハンナ様を尊敬いたします。わたくしなどは……」

叔父のトビアスに、王弟グスタフを薦《すす》められても応じられなかった。心の片隅に残るハインツの姿が——初恋の思い出が、婚約や結婚の芝居という無茶な提案にマーリンをうなずかせた。

そんなマーリンの姿を見て、ヨハンナは苦笑する。

「あなたって、ハインツ殿下のことを本当に愛してるのね」

「そ、それは……」

正式に婚約したのだから、本当に愛していて悪いわけがない。即座に「はい」と答えても問題はないはずだが、ヨハンナの瞳に浮かんだ同情めいた光に、躊躇してしまう。

「別に愛してはダメと言ってるわけじゃないの。ただ、ハインツ殿下に愛情は求めないほうがいいわ」

「どういう意味でしょう？　ひょっとして例の……彼が領地のヴェランダル・パレスに女性と子供を隠しているという噂ですか？　何かご存じなら、どうぞ教えてくださいませ！」

マーリンが立ち上がってヨハンナの隣に座ると、彼女は視線を逸らしながら答えた。

「その噂かどうかは……五月の初めごろ、ハインツ殿下が王宮に顔を出されて、陛下と話しておられたのよ。『愛する女性はいる。愛しているからこそ、妃にはしたくない』だったかしら。たぶん、私を含むアラン殿下の三人の妻や、フィリッパのような立場にしたくなかったんでしょうね。でも、あなたと結婚するということは……」

マーリンはハインツにとって『愛する女性』ではないということ。

その事実は、マーリンの胸に重くのしかかってきた。

☆　☆　☆

夕食会の翌日、結婚式の日取りが通達された。ハインツの希望どおり月内に、大聖堂で行われることに決定する。それも、夕食会から七日後という急なものだった。

まさかいくらなんでも、と思ったが、どうやらハインツは婚約が承認される前から有力貴族たちに根回しをしていたらしい。

ウエディングドレスは王妃が着た品だった。最高級と称される我が国の絹タフタを使い、ドゥ・コロワ国随一の職人に仕立てさせたドレス。

『いつの日か、娘に着せようと思って大切に取っておいたの。でも、息子ばかり次々に産まれてしまって』

王妃は明るい笑顔を見せながら、もしよかったら、と勧めてくれた。

三十年を経ても絹の光沢《こうたく》は衰《おとろ》えてはいない。若干のデザインとサイズを直せば、充分に大聖堂の結婚式にふさわしい品に生まれ変わる。王宮出入りの仕立て職人にも太鼓判を押された。

そうやってドレスのサイズ直しをしているだけで、あっという間に時間は過ぎていき――結婚式まであと三日となった。


朝の湿った空気を素肌に感じ、マーリンは目を覚ました。

例の夕食会以降、眠っている最中に、突然フィリッパの挑戦的な声が頭の奥で響き始める。苛々を募《つの》らせ、最後にはヨハンナの忠告にショックを受けた瞬間がマーリンの中に甦《よみがえ》り、目が覚めるのだ。

(今朝は……その前に目が覚めてしまったわ。風？　窓が開いたの？)

同じベッドでハインツは眠っているはずだ。

リネンのシーツをたどって彼の姿を探すが、傍らには誰もいなかった。ふいに、マーリンの胸に不安がよぎる。慌てて身体を起こしたとき、ベッドが後ろに傾き、ギシッと音がした。

「悪い、起こしたか？」

思ったとおり、風を感じたのはハインツが窓を開けたせいらしい。

彼はシャツの釦を留めながらベッドに膝を置き、マーリンの背中に抱きついた。

「あっ……あの、おはよう……ございます」

「おはよう。でも、君はまだ寝ていたらいい。なんといっても、私が君を寝かせたのは夜が明ける寸前だったからな」

「ハインツ様、そういうことは……口になさらないで」

頭の中がぼんやりとしている。でも、言われていることは理解できた。

赤くなったマーリンの頬にキスしたあと、白い綿モスリンの夜着の上から、柔らかな肌のあちこちに手を這わせる。

「朝っぱらから、そんなに可愛い顔をするもんじゃない。出発できないじゃないか」

「出発？　どこかに行かれるのですか？」

「ヴェランダル・パレスに所用ができた。でも今日中には戻るよ。そのために、こんな早くから起き出したんだから」

ヴェランダル・パレス——ハインツは愛する女性に会いに行くのだ。

心が引き絞られるように痛い。ヨハンナはハインツに愛情を求めないほうがいいと言った。それは彼女の意地悪ではなく、求めなければ愛されなくとも傷つかない、という意味だろう。

でも、もう遅かった。マーリンはすでにハインツのことを心から愛してしまっている。

（こんなことになるずっと前から……初めてお会いした日に、恋に落ちていたのよ。それなのに……）

マーリンはハインツの腕にそっと触れ、涙を堪えた。

「アランのことが不安か？　でも、先日のようなことは二度と起きない。いや、起こさない。そのために、衛兵と離れに待機する侍女の数を増やしておいたから……ああ、でも、行きたくないな。私のほうが不安になってきた」

「わたくしは大丈夫です。道中お気をつけて。ハインツ様のお帰りをお待ちしております」

彼女のほうから腕をほどかれ、ハインツは仕方なさそうにベッドから下りる。そんな彼に向かって、マーリンは精いっぱいの笑顔を見せた。

ナイトガウンを羽織り、下まで見送ると言ったマーリンに、

「今日は昼過ぎまでしっかり寝てるんだ。午後もゆっくり休んでくれ」

「そんな、病気でもありませんのに、ずっと休んでいる必要はないと思うのですが」

「そうじゃないって。今夜も……子作りに励む必要があるだろう？」

彼は思わせぶりに、後半部分だけ声を潜めて言う。

マーリンは両頬を押さえながら、螺旋階段を下りていく彼を見送ったのだった。

『私は愛する女性とだけは結婚したくない。過酷な運命を背負わせたくない。ずっとそう

思ってきたんだ』

ハインツの口からその言葉を聞いたとき、愛する女性がいるのだ、と直感した。

でも、身体を求められたことで、わずかでも愛を得られたと勘違いしてしまった。だが、そもそも助けて欲しいと頼んだのはマーリンのほうだ。その結果、ふたりとも抗いようのない性衝動に突き動かされてしまい……。

彼は純潔を奪ったことに責任を感じ、

『今は愛してなくとも、夫婦として過ごすことで愛が芽生えるかもしれない』

そう言って求婚してくれただけなのだ。

だが結婚する以上、彼は何がなんでも息子を得るつもりでいる。

カールを傷つけないため、国王夫妻に安心してもらうため、そして何より、シュテルン王国の平和のために。

(わたくしも愛する人の役に立ちたい。ハインツ様の望みは王室法を変えずに、正当な手段で王太子の座に就くこと。そのために、わたくしにできることは……)

ハインツの息子を産むことしかない。

そのときは、愛を手に入れることは無理でも、息子を産んだマーリンを彼は尊び、添い遂げてくれるはずだ。

万にひとつ、娘しか産めなかったとしても、愛する人の子供がいれば生きていける。

（でも……将来、本当に愛する女性を妻にする、と言われたら？　そのときはきっと離婚させられてしまうわ。子供と引き離されてしまったら、どうしたらいいの？）

マーリンは猜疑心《さいぎしん》という心の闇に、引きずり込まれそうになり――慌てて頭を振った。

ハインツは決してそんな男性ではない。次期国王となって、この国を明るい未来へ導いてくれるだけの器を持つ人物だ。そんな彼が命懸けで自分の子供を産んだ妃を、邪魔者のように捨てるはずがない。

それでもいつか、彼が真実の愛を選んだとしたら、騒がずに自分から身を引こう。

だがそれまでは――愛を得るために、あらゆる努力をしたほうがいい。将来、悔いを残さないためにも。

（恥ずかしいなんて言っていてはダメよ、マーリン。赤ちゃんを授かるためなら、もっと頑張らなくては！）

覚悟を決めたマーリンの胸に、フッとアンに言われたことが浮かんできた。

『私は婚期を逃してしまったんですが、妹は法廷弁護士《バリスター》の家に嫁いだんです。当然、男の子を産むように厳命されてましたわ』

アンの父は法廷弁護士と同じ法律家ではあるが、訴訟代理人《ソリシター》だった。

王宮に仕える侍女ともなれば、下級貴族かジェントリー階級の娘というケースがほとんどだ。そんな中、訴訟代理人は相当の土地や財産を持っていなければ、ジェントリー階級とはみなされない。アンの父はそこそこの資産があり、ジェントリー階級の扱いを受けていたが、下位に違いはなかった。

一方、法廷弁護士が受け取る金は『名誉上の謝礼』と呼ばれていて、労働の対価ではない。そのため、彼らは主に世襲《せしゅう》制で、貴族並みの扱いを受けていた。

アンの父は娘を法廷弁護士一家に嫁がせるため、かなりの持参金を用意したという。父の言うとおりに嫁ぐなら、アンにも同じだけの持参金を用意すると言われたが、断って王宮に侍女として出仕することを選んだ。

『そこまでして法廷弁護士と姻戚《いんせき》関係になりたいなんて。結婚が女の幸せに思えなかったんです。だって、父に逆らえず嫁いだ妹は本当に大変そうでしたから……。私も何か力になってやりたくて、そのときに効果的な方法を母方の曾祖母《そうそぼ》から聞いたんです！』

恥ずかしそうに頬を真っ赤にしながら、アンはその方法をマーリンに教えてくれた。

『これをやったひと月後に懐妊がわかって、無事に男の子が産まれたんですよ！　マーリン様もぜひ、試してみてくださいませ!!』

言われたときは、結婚式を挙げてからしばらく経っても授からなければ試してみよう、と思っていた。でも今の状況を考えれば、懐妊は一日でも早いほうがいい。

マーリンは羽根枕を手に取ると、気持ちを固めた。

ベッドの上に寝転がり、羽根枕をふたつに折って腰の下に置く。お尻を上に持ち上げた格好なので、とても人には見せられない。

——時間が経てば、男性の放った子種はほとんどが流れ出てくる。そうなる前に、さらに奥へと流し込まなければならない。そのためには、しばらくの間、お尻を上げたままで我慢するのが最良なのだ。それも、両脚を固く閉じていてはいけない。少し開き気味にして、下肢の緊張を解いたほうが、より懐妊へと結びつきやすい——。

アンが教えてくれた内容はだいたいこんなものだ。

(ほ、本当に、これで、赤ちゃんできるのかしら?)

半信半疑だが、よいと言われることなら試してみる価値はある。

マーリンが「ヨイショ」と言いながら、お尻をもっと上げたとき、思いがけない人の声が聞こえた。

「マ……マーリン? それは……何かの体操なのか?」

とっくの昔に出発したはずのハインツだった。呆然とした声の中に、なぜか怒りの波動《はどう》を感じる。

「ハインツ様!? どっ……どうして……」

アタフタとして羽根枕をどかそうとするが、そんな彼女をハインツの手が止めた。閉じようとした股間を阻むように、彼は膝の間に自らの身体を滑り込ませてくる。

「待ちなさい! 君はいったい何をやってる? これにはなんの意味があるんだ!?」

「そ、そ、それは、説明、しますから……あの、あの、脚の間から、どいてください」

「いいや、説明が先だ。私がいなくなった途端、こんな格好をして……まさか、誰かやってくるのか!? その男を誘惑するつもりで……」

「違います！　これは、これは、アンから教えてもらった懐妊しやすいポーズなんですっ!!」

「か……懐妊って」

呆気に取られた声のすぐあと、大爆笑が寝室に広がった。


とりあえず両脚を閉じ、上半身を少し起こしてマーリンは唇を尖らせていた。少しでも役に立とうと試したことなのに、大笑いされてしまったのだ。あまりのショックに、涙が込み上げてくる。

それに気づいたのか、ハインツは優しい顔つきに変わった。

「私が悪かった、勘弁してくれ。これでも、君の泣きそうな顔が気になって引き返してきたんだぞ」

「本当……ですか？」

「ああ、式まで三日しかないが、やっと領主代行が決まったんだ。任命して、領民にも事情を説明してこようと思ってる。一応言っておくが、向こうに残した女に会いに行くわけじゃない」

「わ、わかりました。わかりましたから……」

マーリンは顔を背けながら、お尻の下から羽根枕を取り出そうとする。

だが、彼女の脚にハインツがもたれかかるようにしてくるので、思いきって動けない。

なんといっても、夜着の下は何も身につけていないのだ。

先ほどは、裾が下りていたので膝まで隠れていた。そうでなければ、とんでもない場所まで彼に見せることになっただろう。

「本当に、もう大丈夫です。ご、ご覧になられたとおり、わたくしもハインツ様のお子を望んでおります。ですから……どうぞ、お気になさら……え？　きゃ！」

夜着の裾から手を入れ、彼はマーリンの両膝を摑んで左右に広げる。さらには、そのままの格好で押し上げ、さっき以上に腰の位置を高くさせられた。

「ハインツ様!?　こ、これは、どういう……」

「嬉しいよ、マーリン。まさか、君がここまで私の子を望んでくれているとは、思ってもみなかった」

ハインツの声色は感激のあまり弾んで聞こえる。

「そうとわかったら、とてもこのまま無視しては行けないな。君の思いに応えたい」

両膝を持ち上げられた反動で、夜着の裾がふわりと広がった。

綿モスリンの柔らかな布地は、スルスルと太ももを滑り落ちていき、あっという間にマーリンの秘所が露わになった。

「きゃあっ！　ハ、ハインツ様、ご覧に……ならないで。こんな、明るい中で……お許しくだ……さ、ひゃぁんんっ」

羽根枕をお尻の下から背中のほうまで押しやられる。

彼はマーリンの脚を左右に広げたまま、なんと自分の肩に乗せたのだ。恥ずかしい部分に彼の視線が当たり、俄に眩暈を覚える。

「これはまた、可憐な花を咲かせ始めたばかり、というところか。綺麗だよ、マーリン。君は全身が芸術品のようだ」

言うなり、彼は脚の付け根に唇を押し当てた。チュッチュッと音を立てながら口づけていく。それでいて、敏感な部分だけはわざと掠めていくのだ。

どうしようもなく焦らされ、マーリンは泣くように声を上げた。

「あっ……やぁ、やだ、そこ……そこを……はぁうぅ」

「〝そこ〟を、何？　銀色の茂みの奥に、可愛らしいピンク色の宝石が潜んでる。少しずつ膨らんでピクピク痙攣して見えるんだが……ひょっとして、〝そこ〟のことかな？」

マーリンは両手で顔を覆い、うなずいた。

彼にはわかっているのだ。わかっていて、マーリンを苛《いじ》めている。怒りたい、怒らなくては、と頭の中で声が響く。なのに、ハインツを求める気持ちのほうが強かった。

「お願い……です。もう……いじめ、ないで」

寝室の中、マーリンは風の音でも消えてしまいそうなほどか細い声でささやく。

「マーリン――君は私を狂わせる」

「え？　そんなこと、わたくしでは……なく、て……ハインツさま、が……ぁあっ」

ハインツの唇がひと息に淫芽を襲った。激しく舐め上げたあと、むしゃぶりついてくる。

雷に打たれたような衝撃がマーリンの身体を走り抜けた。

必死に伸ばした指先がハインツの腕を掴み、彼女は堪えきれず爪を立てていた。

強く吸われたあと、舌先で舐《ねぶ》られ、軽く歯を立てられる。マーリンの躰は羞恥心を忘れ、与えられる悦びに身を委ねていく。

「あ……そんな、ところを……ああっ……おかしく、な……りま、す。も、ほん、とに……あ、あ、あぁっ」

初めて男性を受け入れてから一ヶ月も経っていない。だが、うぶな躰は少しずつ女の反応を示し始めていた。

花を愛《め》でるように淫芯を舐め尽くされ、息も絶え絶えになったとき、彼の舌は蜜穴のとば口をゆっくりとなぞった。直後、指先で花芯を抓まれ、持ち上げられた下肢が小刻みに

震える。

荒い息とともに、「ん、んんっ」とマーリンの口から呻き声が零れ出た。

「同じ子種を注ぎ込むなら、懐妊しやすい格好のままがいいだろう。それも直接、奥まで流し込んでやる。そのほうが効率的だと思わないか？」

ハインツはとび色の瞳を輝かせながら、片手でブレイシーズを外した。トラウザーズの前を押し下げ、すぐさま熱い昂りを蜜口に押し当てる。

背中に羽根枕があるせいで、お尻をシーツまで下げることができない。

すると、ハインツのほうが前屈みになってのしかかり、真上を向いたマーリンの蜜道を貫こうと体重をかけた。

ズプズプと音が聞こえる。

「ハインツ……様、入って、きます……あ、ああ、わたくし、どうしましょう……こんな格好で、なんて……どうすれば」

真上から、肉の竿を突き立てられている。

愛された朝、具合が悪いと言い訳して、子種をより奥へ流し込むポーズを取ればいいとアンに言われた。だが、そのポーズのまま挿入されたときはどう応じればいいのだろう。ちゃんと確認しておけばよかった。

でも、ひょっとしたら、アン自身も知らないことかもしれない。

「どうも、しなくていい。強引に押し込んだから、当たり所が違うな……ああ、気持ちよ過ぎて、今にも出てしまいそうだ」

ハインツは苦しそうに、顔を近づけてくる。

「マーリン、教えてくれ。なんのために子供が欲しいんだ？　あるいは、誰のために？」

荒々しい息で、しかも真剣な顔つきで尋ねる。

その間も、彼は緩々と腰を動かし、膣奥をこじ開けるようにして欲棒を捻じ込んできた。強く押しつけたあと、膣襞をこするように抜き、今度は蜜を掻き混ぜながらふたたび押し込む。

「頼むから、答えてくれ！」

「……ハインツ様が……望んで、おられるか、ら……国王様のため、って……違うの、です、か？」

「いや、違わない」

そう答えた彼の瞳に、切なげな色がよぎる。

マーリンの真意は違う。ハインツを愛しているから、だから、彼の子供が欲しかった。少し迷い、やはり本心を伝えておきたいと彼女は口を開く。

「ハインツ様、わたくし……本当、は……わたくし、が……あ、ああっ！　まっ……待って、そんな……ああーっ！」

ふいに抽送が速まった。

「そのとおりだ、私は子供を望んでる。さすがレディ・マーリンだな。君なら完璧な王太子妃に、そして王妃になれるだろう。膣内の具合も最高だ。ああ、もう、我慢できない。一滴も零れないように受け取ってくれ――」

蜜壁を男根に抉られ、かすかな痛みを感じた。だが、それを打ち消すような悦びが次々と迫ってきて、マーリンは唇を噛み締め、彼に合わせて身体を揺する。

ハインツの欲棒に蜜壁の天井を穿たれ、次の瞬間、白濁が飛沫《ひまつ》となって注ぎ込まれたのだ。

下腹部に生まれた熱は彼女の躰を蕩けさせ、堪えきれずにハインツの腕を強く摑む。白濁は蜜と溶け合って、奥へ奥へと流れ込んでいった。

「これで……満足かな？」

マーリンに口づけながら、彼は肩で息をする。

シャツも脱がず、クラヴァットすら外さず、マーリンを求めてくれた。これほどまで夢中になって抱かれたら、誤解するなというほうが難しい。

「満足、なんて……勘違いしてしまいそうだから、もう、やめてください」

「子種が欲しいと言い、懐妊しやすいポーズで誘惑したのはそっちだぞ」

「それは……そうですが。でも、誘惑ではありません。本当に、あなたのお子を授かりたいと思ったから……」

「じゃあ、いったい何を勘違いすると言うんだ？」

ハインツの顔をジッとみつめていたら、マーリンはごく自然に口が動いていた。

「あなたに、愛されていると……思ってしまいそうだから」

「えっ……？　あ、いや、それは」

心の底から驚いた顔をしている。

そんなハインツの顔を見て、彼女は我に返った。芝居の延長だと承知の上での結婚。それなのに、唐突に「愛」を口にして、ハインツを困らせてしまった。

慌てて言い訳をしようとしたとき、階下からアンの声が聞こえた。

『あら？　おかしいわね。ハインツ殿下は領地に向かわれたはずなのに。いいわ、私が二階に上がってマーリン様に聞いて参りましょう』

ハインツが頼んでおいたので、侍女たちは早めにやってきたようだ。

「まずい。このままじゃ、エントランスの二の舞になるな」

「そ、それは……」

いくら国王夫妻に認められている、とはいえ、堂々と人に見せるものではない。

「マーリン、さっきの件は戻ってきてからゆっくり話し合おう。たしかに勘違いというか、誤解があるのかもしれない。いいか、私のことを信じて、ちゃんと待ってるんだぞ」

マーリンはアンの動向も気になり、深く考える間もなく、うなずいていた。

☆　☆　☆

「そんな……今夜もお戻りにならない、なんて」

〝白夜宮〟の居間に佇み、マーリンはエクルンドからの報告を受けていた。

「本当に、ハインツ殿下はどうなさったのでしょうか。まことに申し訳ございません」

エクルンドは後退した生え際を撫でつつ、何度も頭を下げる。

「いいえ、あなたのせいではないのだから。どうか謝ったりなさらないで」

ハインツがフリークルンド市を出てすぐ、激しい雨が降り始めたのはエクルンドのせいではない。その雨がひと晩中降り続いたのも、翌日は小降りになったのにハインツが帰ってこないのも、彼のせいではなかった。

市内の雨が小降りになるなり、エクルンドは王宮で働く下級使用人の中から若い男を数人選び、ヴェランダルへと繋がる街道まで走らせた。すると、ちょうど街道辺りでハインツの差し向けた従者に出会ったという。

従者は彼らにハインツの署名入りの手紙を預け、ヴェランダルに引き返していった。

手紙には『明日中には必ず戻る』とのみ。

結婚式は明後日に迫っている。マーリンは、ハインツが戻っていないことを国王夫妻に報告すべきかどうか迷っていた。

「私のほうから伝えて参りましょう」

エクルンドはそう言って〝白夜宮〟から立ち去ろうとする。

「待ってください。ハインツ様はずっと放蕩王子だと周囲に思わせておいででした。国王様や王妃様もそう思っておられるでしょう」

「それは、なんと言いますか……違うと申し上げることができません」

困ったような、それでいて、恐縮したような顔をしてエクルンドは頭を下げた。

「あなただって本当は、あの方が放蕩王子だとは思っていないのでしょう？　だからこそ、わたくしとの婚約をあんなに喜んでくださったのだと、そう信じています」

王宮の一室で、人目を忍ぶようにふたりは会っていた。しかも、あんなあられもない格好で。

眉を顰められると思ったが、意外にもエクルンドは喜び勇んで国王夫妻のもとへ向かった。立場上、言葉にはできないのだろうが、エクルンドも心の内では――ハインツが結婚して子供を作り、王太子に立って欲しい――そう望んでいるに違いない。

「もちろんでございます！　結婚式が滞りなく行われることを、心から願っております」

「それなら、おふたりへのご報告は待っていただきたいの。ハインツ様は日帰りのおつもりだったから、ヴェランダルに行くことを伝えていなかったのでしょう？　何もご存じないところに、戻ってこられないなんて伝えたら、ご心労をおかけしてしまうわ」

何かあって連絡が取れないというなら、すぐにも報告して調べてもらう必要がある。だが、戻ってこないことはハインツの意思だとはっきりしているのだ。

それならば、心臓の悪い国王に余計な負担をかけるべきではない。

「手紙には『必ず戻る』と書かれてありました。ハインツ様を信じて、明日の夜までお待ちしましょう」

マーリンの言葉を聞くなり、エクルンドは瞳を潤ませ、鼻をすすり始めた。

「なんと……なんとお優しいお言葉でしょう。ここまで、ハインツ殿下を深くご理解くださるとは、感無量にございます！」

彼は白いハンカチーフを取り出し、目元を押さえる。

エクルンドの大げさな仕草にも理由はあった。我が国の、とくに王室においてはことさら男子の誕生が喜ばれている。ところが、歳の近い王子が三人も続くと、文句を言う者も出てくるのだ。

『王子が三人もいては無用な争いを招きかねない。第三王子には首都から離れた領地を与え、王宮外で養育していただいてはどうか？』』

ハインツの世話係だったエクルンドの耳には、そんな勝手なことを言う連中の声がたくさん届いていた。

「そんな意見は陛下が一蹴されましたが、賢く優しいハインツ殿下はご存じだったのです。大人になられるなり、自らヴェランダル領へ……。口惜しいのは、アラン殿下がそんな弟君の思いに一切気づかれないことでした」

エクルンドは悔しそうにハンカチーフを握り締める。

「ですが、王宮に出仕して二十七年！　必ずやハインツ殿下が、王子としての使命感に立ち上がる日がくると信じて参りました。それもこれも、マーリン様のおかげでございます」

「そ、そんなことはないと思うのですが……」

彼がハインツに心服していることはよくわかった。

「マーリン様のご希望とあらば、このヨーン＝オロフ・エクルンド、一命に代えましても陛下と王妃様のお耳に入れぬことをお約束いたします！」

マーリンは、『命まで懸けなくても』という言葉を呑み込みつつ、

「ありがとう……でも、無理はなさらないでね」

そう言って微笑むだけで、精いっぱいだった。

〝白夜宮〟でひとり寝の夜を過ごすのは二日目だ。人肌の温もりを知ってしまった今となっては、それは酷く心細いものだった。

(ハインツ様は本当に帰ってきてくださるのかしら？　やはり、愛する人を裏切ることはできないと思われたのかも……)

ロカイユ調の豪華なベッドが、ひとりでは無駄な広さにしか思えない。

このままハインツが帰ってこなかったら、マーリンはどうなってしまうのだろう？　ハインツが最初に言ったとおりになってしまうのだろうか？

正式な婚約者として発表したマーリンを挙式直前に捨てるのだ。国王や王妃はハインツの不実に責任を感じて、疵物となったマーリンを守ろうとしてくれると思う。

(最初の予定に戻るだけよ。でも……すでに身籠もっていたら、どうなるの？)

ハインツの子供とわかっていても婚外子となってしまう。それでは、仮に息子が産まれてもハインツは王太子に就くことができない。第一、国王夫妻が許さないだろう。ハインツにマーリンと結婚して王太子となるように命令するはずだ。

あるいは、子供のいないアランかカールに離婚させて、マーリンと再婚するように命じるか……。

フィリッパを愛しているカールが応じるとは思えないが、あのアランなら喜んで承諾しそうだ。

それよりもっと高い可能性は、マーリンを王弟グスタフと結婚させることだろう。

王太子の座を息子に与えるため、離婚を強いるような国王夫妻とは思えない。それならば、年齢差はあっても独身のグスタフとの結婚を勧めるはずだ。子供のため、国家国民のためと言われたら、マーリンに選択肢はない。

(ヨハンナ様を追い出して、あのアラン殿下の妻になるなんてイヤ。だからと言って王弟殿下と……これでは叔父様に従うのと同じではないの)

夫婦として過ごすことで愛が芽生えるかも、と言ったのはハインツのほうだ。その言葉を信じてマーリンは心を決めた。それなのに、夫婦として過ごす時間すら与えてもらえず、彼はマーリンを捨てていくのだろうか。

そのとき、階下にかすかな物音が聞こえた。

(ハインツ様？　まさか、帰ってきてくださったの？)

マーリンは飛び起きるとナイトガウンを羽織り、寝室を飛び出す。

暗闇の中、螺旋階段をゆっくりと下りていった。

「……ハインツ様？　お戻りなのですか、ハインツ様……」

安全のため火はすべて落とされていた。螺旋階段のある吹き抜けのエントランスを照らすのは、天窓から射し込む月明かりだけだ。

マーリンが居間の扉を開けたとき、窓際に立つ人影に目を留めた。

（ハインツ様ではないわ……いったい、誰なの？）

大声を上げようとした直後、裾にいくほど広がるドレスのシルエットが見えたのだ。目を凝らすと、肩を覆う豊かな巻き毛に気づく。それはたぶん、太陽の下では鮮やかな金髪だろうが、月光の下ではマーリンの髪と変わらない色に見えた。

「ごきげんよう、レディ・マーリン」

フィリッパはこの時間にふさわしくない挨拶をする。

「フィリッパ様、時刻は間もなく零時です。人を訪ねるのにふさわしい時間ではないと思うのですが」

「あらあら宵の口ではないの。朝方までサロンで社交を楽しんで、昼過ぎまで眠るのが正しい貴族のあり方ですわ」

彼女の言うとおり、市内に住む貴族たちは日没から互いのサロンを行き来して、社交を深めている。

本来なら夜会を開くのが正式なのだが、準備の期間や予算が大がかりなものになってしまう。最近はそれを簡素化した、サロンパーティと呼ばれるものが流行していた。

彼女が王宮の食堂で口にした、ダーヴィドソン卿が訪れるサロンも同様のものなのだろう。サロンを行き来するのは若い貴族が多いという。彼らは夜明け前に帰宅し、午前中は寝ている。

ハインツが朝から精力的に動くのは、長く地方で暮らしていた影響だろう。

一方、マーリンの両親は正式な夜会しか催さなかった。ときには盛り上がって、夜会が朝方まで続くこともあったが、遅い時間帯にマーリンが顔を出したことは一度もない。未婚の娘は日付が変わる前に引き揚げるもの、というのが母の教えだった。

「ここはサロンではありませんし、未婚の娘は深夜に人と会ったりはしません」

「未婚？　ああ、そうね。男に跨ったことはあっても、未婚は未婚よねぇ」

あまりの台詞にマーリンは耳を覆いたくなる。

どんな状況であれ、一国の王子の妃が口にすべきことではないだろう。これは出自の問題ではなく、個人の資質としか思えなかった。

「そのようなお話をするために、フィリッパ様はわざわざ王宮までこられたのですか？　それに、この中庭の入り口には衛兵がいたはずです。回廊脇の小部屋には侍女も……」

衛兵は交代で寝ずの番をしている。来客があれば衛兵が小部屋の侍女に声をかけ、侍女がマーリンに確認を取ってから、〝白夜宮〟まで案内することになっていた。

どう考えても、衛兵や侍女の目に触れず、中庭に入ってくることなどできない。もちろん、フィリッパが盗賊のように回廊の壁を乗り越えたなら話は別だが……。

そのとき、フィリッパが何ごとか思い出したように、クスクスと笑い始めた。

「ええ、侍女は小部屋にいたみたいよ、衛兵も一緒に。とても声をかけられる状況ではなかったの。まあ、夜勤なんて若い子に押しつけるものだから、大目に見てあげましょうよ」

今夜小部屋に泊まっているのは、十代の見習い侍女だったはずだ。衛兵のほうはよくわからないが、まさか小部屋に泊まる侍女と……。

見習い侍女を指導する立場のアンにしても、こんなことは想像もしていないだろう。

「そんな顔しないでちょうだい。これでもあたくし、あなたのことを慰めてあげようと思ってやって来たんだから」

「慰める？　どういう意味でしょうか？」

「言葉どおりよ。ハインツが領地に戻ってしまったんですって？　結婚式は明後日……うん、もう明日だっていうのに。ギリギリで婚約者を捨てて愛人のもとに走るなんて、これでもう彼に王太子の望みはないわね」

ハインツの不在が国王夫妻の耳に入らないよう、口止めしてあったはずだ。たった半日、それくらいなら不在もごまかせると思っていた。

それが一夜となり、二夜となり……。幸運にも国王夫妻から急な呼び出しがなくてホッとしていたが、明日の夜になるとそうはいかない。結婚式を取り仕切る大司教のもとへ行く必要がある。もちろん、ふたり一緒でなければ意味がない。

（なんて答えればいいの？　疑いたくはないけれど、わたくしの口から言わせるためのお芝居かもしれないのだもの。でも、本当に知っているとしたら……）

フィリッパの言葉の裏にあるものが真実か、あるいは嘘なのか、マーリンには見抜くことができなかった。

「あらあら、でたらめを言ってるとでも思ってるのかしら？　あたくし、結婚前にヴェランダル・パレスを訪れたことがあるのよ。ハインツからお聞きになってるわよね？」

「はい。もちろん、聞いております」

「そのときに、ヴェランダル・パレスでひとりの女と会ったの。ちょっとくすんだ感じの金髪をした、三十歳くらいの人よ。まあ、若いころは美人だったんじゃないかしら。あたくしとは比べものにならないけど」

「容姿はともかく……使用人ではないんですか？　あるいは、お客様のご家族とか」

話の腰を折られたフィリッパは、マーリンの言葉にムッとした顔をした。

「メイドの服装じゃなかったわ。それに、お客様はあたくしとカールだけ……ああ、違うわ。そうじゃなくて！　その女のこと、カールは知っていたのよ」

「……え？　どうして、カール殿下が」

フィリッパの瞳が思わせぶりに輝いた。

「気になるでしょう？」

危険な笑みを浮かべつつ、彼女はマーリンに近づいてくる。

「いえ、それは……」

気になると答えたら、フィリッパに弱みを見せてしまうように思う。マーリンは躊躇い、口を閉ざした。

「今、そのときの女性を連れて、ハインツがブランシャール宮殿に来ていると言ったら、レディ・マーリンはどうされるかしら?」

「そんなはずがありません! ハインツ様はヴェランダルから、明日中には必ず戻られると……」

反射的に言い返してしまい、マーリンはハッとして唇を噛んだ。

勝ち誇ったフィリッパの顔を見て、自らの迂闊さを心の中で叱った。

「そんなに警戒しなくてもいいじゃないの。あなたもご存じでしょう? ハインツはあたくしのことは嫌っているみたいだけど、カールとはとても仲のいい兄弟なの」

そのことはマーリンもよく理解していた。

先日の夕食会の前後でも、ハインツがアランと話しをすることは一度もなく、カールとばかり話していたようだ。

カールは王妃とよく似た薄茶色の髪を肩まで伸ばし、後ろでひとつに縛っていた。最初から最後まで人懐こい笑みを浮かべ、食堂に穏やかな空気を作り出していた人物と言ってもいい。

『フィリッパは若いころに苦労をしてきた分、少し羽目を外して周囲を驚かせるところがあります。あなたより年上だが、子供のような人なんだ。大目に見て、仲よくしてやってください』

食事の前にカールからそんなことを言われた。

カールの妻に対する愛情がひしひしと伝わってきて、マーリンは胸が熱くなったことを思い出す。

ひょっとしたらハインツはフィリッパに偏見《へんけん》を持っているのかもしれない。彼の言葉だけで判断するべきではないのかも、などと思って反省しかけたほどだ。

もちろんその反省は、食堂から男性陣がいなくなるなり、本性を見せたフィリッパによって打ち消されたが。

「だから、ハインツはカールを頼ってきたの。あなたとの婚約を白紙に戻したいから力を貸して欲しいって。ほら、あたくしたちが結婚するとき、彼に国王様を説得してもらったでしょう?」

マーリンはいきなり頭を殴られたような気分だった。

フィリッパの言葉を簡単に信用してはいけない。そのことはよくわかっていた。しかし、どうしても冷静になれそうにない。

「まあ、あなたとの結婚がなくなっても、あの女とは結婚できないでしょうねぇ」

「それは……どうしてそう思われるのです？　フィリッパ様はご存じない女性なのでしょう？　それとも……」

「そうよ、カールに聞きましたの。レディ・エリザベトというお名前はご記憶にあるかしら？」

それは、聞き覚えのある名前だった。だが、咄嗟には浮かばない。

「でしたら、エリザベト妃殿下と言えばどうかしら？　公爵令嬢のあなたなら、思い出すのではなくて」

〝エリザベト妃〟――マーリンの鼓動はしだいに速くなる。

何年前になるのだろう？　アランの最初の妃がエリザベトという名前だった。伯爵家の令嬢で、離婚後は実家に戻ることもできず、国外に出たという話だ。子供心にも酷く同情したことを覚えている。

マーリンは一瞬で目が覚めた気がした。

「あり得ません。そんな……どうして、レディ・エリザベトが国内に？　それも、ハインツ様のヴェランダル領にいるのですか？　第一、我が国の法律では死別を除いて、元配偶者の兄弟姉妹と再婚することはできないはずです」

あのハインツがアランの妃に横恋慕するわけがない。さらには、離婚をいいことに愛人にするなど、とうてい信じられるものではなかった。

だが、フィリッパは呆れたように言う。

「だから、結婚できないって言ってるじゃないの」

「ですから……そういった女性を領地に連れて行くだなんて」

「仕方がなかったんじゃないかしら？　だって、妃の不妊が原因で離婚しながら、その直後に、弟王子が身籠もらせてしまったんですもの。慌てて領地に隠し、産ませたんだと思うわぁ。六歳ですって、黒髪でとび色の瞳をした、ハインツそっくりの可愛い女の子。ブランシャール宮殿に来てるわよ。会ってみたいと思わなくて？」

マーリンは息苦しくて胸元を押さえた。倒れないのが不思議なくらいだ。

会ってどうするというのだろう。できることなど何もない。

自分にできることは、このまま黙って身を引くことだけ。ハインツから別れることが困難だというのなら、マーリンのほうから王宮を出ていけば済むことだった。

行くあてはないが、父の知人を訪ねれば、メイドの仕事くらいはもらえると思う。マーリンに務まるかどうかはともかくとして。

「どうして、教えてくださったのですか？　それが事実なら、ハインツ様は二度とわたくしに会うつもりはないでしょう」

「ええ、そうね。でも、カールはいい人だけど、ハインツと違って取引や裏工作が苦手な人なの。国王様が知ったら、あなたを切り札にしてハインツを呼び戻そうとするわ」

マーリンには、とても自分が切り札になるとは思えなかった。だが、もしマーリンのお腹に子供がいれば、間違いなく切り札になるだろう。

産まれてくる子供を私生児にしないため、子供に〝王子・王女〟の称号を与えるため、そう言えばハインツは結婚を承諾しかねない。

マーリンは心ならずも、フィリッパの言葉にうなずくしかなかった。にハインツなら自らの幸福を諦めて、マーリンと祭壇《さいだん》の前に立つことを選ぶだろう。

「それでは困るのよ！　ハインツにはこのまま駆け落ちしてもらわないと。エリザベト産ませた娘を自分の子供だと証明するために、アランが種無しだという件を公表してもらいたいの。彼は医師の診断書を握っているのよ」

「待ってください。わたくしも、ハインツ様には愛する人と幸せになっていただきたいと思います。でも……」

フィリッパに加担するような状況だけは避けたい。

でも、それがどういう状況なのか、今のマーリンには思いつかなかった。

「とにかく、一緒に来て欲しいの。どうするかは、直接会ってからでいいじゃない。ほら、早くしないと交代の衛兵が来てしまうわ。そうなると、いろいろ説明するのが厄介よ」

フィリッパに急き立てられ、マーリンはデイドレスに着替えた。それも、ひとりで着替えられる、室内着と同じようなシンプルなドレスだ。

フィリッパのあとを追い、中庭から回廊を通り抜けて王宮内に入った。彼女の言うとおり、扉のところに衛兵の姿はない。

夜の王宮は夜会のとき以来だ。あの夜とは違って、王宮内は恐ろしいほど静まり返っていた。しかも、とてつもなく広い。昼と夜とはまるで印象が違い、マーリンはフィリッパの後ろをついて行くだけになる。

おそらく、彼女が入ってきた出入り口に向かっているのだろう。だが、時間が経つごとに、マーリンの胸に不安がよぎる。

(このまま、ついて行っていいのかしら？　第一、誰にも見咎められずに、王宮から出て行けるものなの？)

考えれば考えるほど、何が嘘で真実なのか、判断がつかなくなる。

「あの……フィリッパ様、本当にここを通って外に出られるのですか？　この通路は先日の夜会の折に、侍女に案内されて通ったところに似ているのですが」

黙って抜け出してきた手前、マーリンも小さな声で尋ねるくらいしかできない。

もう一度聞いてみようとしたとき、ひとつの扉の前にフィリッパが立った。

「――ここね」

マーリンの記憶に間違いがなければ、それは淡褐色《たんかっしょく》のマホガニー材で作られた扉だったはずだ。

フィリッパは他には何も答えず、扉を押し開けてスタスタと入って行く。

中は内廊下になっていて、突き当たり以外にも片開きの扉がいくつかあった。侍女や侍従など側近が待機するための部屋だと聞いた。

そして突き当たりにある両開きの扉を開けると、フィリッパはなんの躊躇いも見せず入り込んだ。

そこはマーリンが飛び下りたバルコニーのある、ハインツと再会した王宮の一室。

「あの……フィリッパ様、ブランシャール宮殿に行くのではなかったのですか？　ハインツ様と会わせていただけないのなら、わたくしは〝白夜宮〟に戻り……んんっ」

いきなり羽交い締めにされ、口元を布で覆われた。

フィリッパは少し離れた位置に立ち、もがくマーリンを不敵な笑みで見ている。ということは、自分を拘束しているのがフィリッパでないことは確かだ。

息ができないほど苦しくはない。マーリンは懸命に息を吸いながら、なんとか逃れようと身を捩った。だが、動けば動くほど目の前がゆらゆらと歪んで見え、気持ちが悪くなり目を開けていられなくなる。

（これは……どうなっているの？　誰が……わたくしを……後ろにいるのは……誰な、の……ハインツ……さ、ま……たす、け……）

しだいに、マーリンの意識はグルグル回る渦の中に呑み込まれていくのだった。

第六章　あなただけに捧げたい

甘い香りがマーリンの身体を包んでいた。

最初は白薔薇の香りだと思った。だが、しだいに、その匂いは気持ちが悪くなるような甘さに変わっていく。見えない縄のように彼女の身体をぐるぐる巻きにして、指の一本すら動かせない。

（何？　なんなの？　わたくしは……どうなってしまったの？）

意識は少しずつはっきりしてくるのに、身体のほうは全く動かないのだ。

とにかく、落ちつかなくてはいけない。落ちついて、ここまでの経緯をあらためて思い出さなくては。彼女はそのことだけを頭の中で繰り返し、曖昧《あいまい》になった記憶の糸を、懸命に手繰り寄せようとする。

（ああ、そうよ……フィリッパ様だわ。ハインツ様の話を聞いて……ブランシャール宮殿まで行こうと言われたのよ。それから……）

マーリンはゆっくりと目を開けた。暗いような……でも、灯りはあるような……視界も頭の中と同じで、霧がかかったようにはっきりしない。

少しすると目が慣れたのか、灯りの点いていないシャンデリアが暗がりに浮かび上がってきた。

同時に天井が琥珀色に揺らめき、部屋の中にオイルランプが灯されていることに気づく。それもほんの一ヶ所か二ヶ所、どうにか天井まで届く程度の灯りだった。

「ようやくお目覚めだな」

聞いたことのある声が耳に届く。

その声には不快感しか覚えない。マーリンは悲鳴を上げようとしたが、声が全く出なかった。逃げなければと身体を起こそうとするが、手足がほとんど動かないのだ。

「暴れるだけ無駄だ。異国の薬はよく効く。少し吸わせただけで一時間も眠っていたのだから、本当に驚きだ」

声の主がぬっと彼女の顔を上から覗き込んでくる。

思ったとおり、第一王子のアランだった。フィリッパと一緒にいたはずなのに、どうしてここにアランが出てくるのだろう。

それに彼は、マーリンが一時間も眠っていたと言った。ということは、フィリッパを追いかけてこの部屋に入ったとき、彼女を羽交い締めにしたのはアランなのだろうか？　口元に布を当てられ、何度か呼吸を繰り返すうちに意識がなくなった。それは今、アランが口にした『異国の薬』と関係があるのかどうか……。

そのとき、マーリンはハッとした。

（一時間と言ったわ……アラン殿下に悪意があれば……わたくしは、もう……）

アランに躰を奪われてしまったかもしれない。

そのことを確認したくて、マーリンは懸命に手足を動かす。すると、脚に纏わりつくドレスの布地を感じた。その下にはドロワーズやシュミーズを身につけている感覚も伝わってくる。脱がされていないのだとしたら、大丈夫なのかもしれない。

だが、それだけではとうてい安心できず、マーリンはアランを問《と》い質《ただ》そうとした。

「こ……んな……こ、と……を、して……」

先ほどに比べたら少しは声が出るようになったみたいだ。それでもとても何かを尋ねられる状態ではない。

「ほう。意識が戻れば回復は早いのだな。賢明なレディ・マーリンのことだ。私とふたりきりというこんな場所で、よもや悲鳴を上げたりはしないだろうが……」

アランの神経質そうな眉がピクピクと動く。

悔しいが、彼の言うとおりだった。ここはおそらく、フィリッパが連れてきた王族用の休憩室。夜会のとき、ハインツと一緒に過ごした居間の隣にある寝室に違いない。

もしここで悲鳴を上げ、衛兵たちが駆けつけたら、とんでもないことになるだろう。

──フィリッパに騙《だま》されて連れてこられた。アランに異国の薬を嗅がされ、意識を失っていた。

そんなことを言っても証拠がない以上、信じてもらえるわけがない。

それに天井の高さから見て、マーリンはベッドに寝かされている。こんなところを大勢の人に見られたら、婚約者であるハインツの目を盗んでアランと密会していた、と思われても否定できない状況だった。

アランとフィリッパは結託して、マーリンを〝白夜宮〟から引っ張り出したのだ。この分なら、ハインツがブランシャール宮殿にいるという話も、レディ・エリザベトの話もでたらめの可能性が高い。

マーリンはしだいに、頭の中から霧が晴れていくのを感じる。

（ハインツ様を信じて〝白夜宮〟で待つべきだったのよ。なんて、愚かな真似をしたのかしら）

少しでもアランから離れたくて身体を捩ったとき、寝返りを打つようにベッドの上を転がった。

「おっと、動けるようになるのは厄介だな」

「きゃ……やめ、て……放して……くださ、い」

後ろから抱きつかれ、マーリンは身体を引っ張り起こされる。ふたたび眠らされるのかと思ったが、今度は違った。

アランは焦げ茶色の薬瓶を手にしている。それをゆっくりとマーリンの口元に近づけてきた。

「いや……それは、なんですか？　わたくしに……何を、飲ませよう、と……アラン殿下、やめてくださ……んんっ」

アランの左手は彼女の首に回されており、上半身をがっちりと押さえ込まれていた。彼は細身に見えるが、それでも男性の力には敵《かな》わない。薬瓶を唇に押し当てられた瞬間、マーリンは固く口を閉じて抵抗する。

眠らせるだけなら、さっきと同じ手段を使うだろう。

違うとすれば、今度はマーリンの命を奪うつもりかもしれない。

（王宮にいてこんなことになるなんて……）

第一王子自らが手を下《くだ》して殺人など、普通では考えられないことだ。でも、マーリンの命が目的でないなら、彼は何を飲ませようというのだろう。

そのとき、首に回された腕が締め上げるように押さえてきた。数秒で息苦しくなり、堪えきれずにわずかに唇を開いてしまう。その隙をついて、薬瓶の液体を口の中に入れられ

――吐き出す間もなく、液体は喉の奥に流れ込んでいった。

アランの拘束が解かれ、マーリンはすぐに彼から離れて咳《せ》き込《こ》んだ。薬瓶から上手く口に入らず零れた分と、口の中に残った液体を吐き出した分。薬瓶の大きさから考えて、飲み込んだのは少量だと察する。素晴らしい味とは言いがたいが、嘔吐《おうと》するほどの気持ち悪さもなかった。

液体に濡れた胸元を押さえつつ、マーリンはアランを睨む。

「な、何を……飲ませたの、ですか？　わたくしの、命を……奪うおつもりなの？」

「心配はいらぬ。何人かに試したが、死んだ者はいなかった。むしろ、これを飲んだ女たちは皆、とても喜んでおったぞ」

「そ、それは、どういう意味なのです？」

アランはニヤリと笑ってベッドから離れた。

「なんの薬か、すぐにわかるだろう。そうだな、約一時間というところか。眠り薬と一緒で、この異国の薬はとてもよく効くのだよ」

マーリンは倒れそうな身体を必死に起こしたまま、ベッドの隅で身を竦《すく》めた。


息が詰まるような時間が流れていく。

今が何時かわからないが、夜明けまではまだ時間があるはずだ。それに、夜が明けたからといって、ハインツが帰ってきてくれるわけではない。

マーリンはひとりでこの窮地を切り抜け、誰にも知られないうちに中庭の離れまで戻っていなければならなかった。

「レディ・マーリン、そろそろ効いてくる時間だ。さて、気分はどうだね？」

「最低です。とても、アラン殿下がおっしゃったような、喜ばしい気持ちにはなれそうに……」

ふいに、下腹部に身に覚えのある刺激を感じた。

それは信じられないことに、脚の間に眠る女の感覚を揺さぶるかのようだ。

（こんな……あり得ないわ。ハインツ様に触れられているときと同じ感じがする、なんて）

マーリンはギュッと膝を合わせる。

だがその瞬間、敏感な部分がこすれて……ドレスの奥、ドロワーズに隠れた場所に恥ずかしいぬめりを感じていた。

「ほぉら、喜びの意味がわかってきただろう？　大事な部分を舐められているような、そんないやらしい気持ちになってきたはずだ」

ギシッとベッドが軋《きし》んだ。

アランは舌なめずりをしながらベッドに乗り、そろそろとマーリンに近づいてくる。

「これは異国から特別に運ばせた、高価な惚れ薬でね。個人差はあるが、一時間足らずで効き目が現れる。だが、長くは持たんのだよ。今からなら、夜明けまでというところか」

クックックッと喉の奥で笑いながら、アランは彼女の脚に触れた。

「きゃっ！　いやっ……触らないで……ください」

反射的に引っ込めたが、背筋がゾクゾクとした。それが不快感ではなく快感であったことに、マーリンは自己嫌悪を覚える。

「強がるのはやめたまえ。なんのために、おまえが眠っている一時間もの間、ジッと耐えたと思う？　私は一国の王子なのだよ。嫌がる女を抱いては名誉を傷つける」

「こんな……薬を使って、従わせるなど……一国の王子にあるまじき行為です！」

「女のほうから脚を開き、満たしてくれと言うのだぞ。躰が疼き、我慢できなくなるそうだ。そんな状態で放り出すわけにはいくまい」

アランは彼女の脚を摑むなり引っ張る。

「あ……ゃん！　や、やめ、離して……いや、いやです……絶対にいやぁ」

振り払おうともう一方の脚をばたつかせるが、逆にドレスの裾が持ち上がり、膝を晒す羽目になった。

「そうそう、女たちはこうやって嫌がるフリをして、私の気を惹《ひ》くのだ。仕方なく脚を撫でてやると、それだけで腰を振って昇天する女もいたぞ。さあ、おまえはどうかな？」

「いやです。触らないで！　わたくしから離れてくださ……クッ！」

ツーッと指先でふくらはぎをなぞられた。

心の中では嫌悪感に吐き気すら覚える。それなのに、身体は心を裏切り、局部がズキンと疼いた。このままでは本当にアランの指先で絶頂まで押し上げられてしまいそうだ。

（ハインツ様でなくてはいやなのに……どうすればいいの？）

アランの指先が膝の裏を撫でる。

「ひゃぁあんっ！」

直後、マーリンはふたたびベッドに転がされた。

反動でドレスの裾が太ももまで捲れ上がる。白い麻のドロワーズを見られてしまい、マーリンのこめかみを涙が伝った。

「いい声だ。その声をいつもハインツに聞かせているのだろう？　さあ、観念して私にも聞かせてもらおうか」

「こんな……こんなことをして、何になると言うのです？　わたくしを辱《はずかし》めて……」

「決まっている。おまえの腹の子を私の子にするためだ」

「な……!?」

マーリンは絶句した。

「隠さずともよい。すでに孕んでいるから、大司教も許可を出したと聞いたぞ。私に抱かれた身体で、ハインツのもとには戻れまい。心配せずともよい。ヨハンナを追い出し、おまえを妃にしてやろう。産まれたのが王女であっても、それくらいの修正なら大臣たちも文句は言わぬさ」

「ち、違います……まだ、懐妊なんて」

可能性はゼロではないが、まだ判明する時期でもない。

だが、アランはどうしてこんなふうに思い込んでいるのだろうか？

「逃れようとしても無駄だ。どうせ、その身体が男を欲しがって我慢できんだろう。マーリン、諦めて私のものになれ！」

アランの手がドロワーズに触れようとしたとき、マーリンは決死の力で彼を蹴り飛ばした。

「いやです！　わたくしのすべてはハインツ様のものです。たとえ……どんな薬を飲まされたとしても、あ……あなたの、ものには……なりません！」

そのまま転がるようにベッドから下り、マーリンは窓際まで逃げた。

立ち上がった瞬間、躰の奥から熱い蜜が溢れ出て、ドロワーズを濡らしていくのを感じる。それは彼女にとって、身の置き所がないほどの恥ずかしさだった。

でも、異国の薬でこんなふうになってしまうのは、すべてハインツのせいだ。彼がマーリンの躰を女にしたせい。だからこそ、自分に触れるのはハインツでなければ許せない。

彼以外の男性に許すくらいなら、このまま死んでしまいたい。

直後、寝室に怒声が響いた。

「貴様！　よくも、王子である私を足蹴《あしげ》にしたな!?　ただでは済まさんぞ!!」

マーリンに蹴り飛ばされ、反対側に転げ落ちたアランは、顔を真っ赤にしながら立ち上がる。アランは憤怒《ふんぬ》の形相で彼女を睨んでいた。

怒り狂う男性を前にして、恐ろしくないわけがない。だが、マーリンも引き下がるわけにはいかなかった。

「いっ、一国の、王子ともあろう方が……薬を使って、弟の婚約者にこんな真似を……あなたのほうこそ、恥を知りなさい!!」

アランを真正面から睨み、声の限りに叫んだ。

「そ、そんな、大声を出して……衛兵がきたら、どうするつもりだ」

マーリンの声がどんどん大きくなることに、アランは腰が引け気味になっている。

それは、マーリンにとってチャンスだ。

「構いません！　このまま辱めを受けるくらいなら、衛兵にあなたを捕らえてもらいます。それが叶わないときは、このバルコニーから飛び下ります!!」

「フン！　女の身で、そんなことができるものか」

彼女の言葉は全く信用していないようだ。アランは傲慢《ごうまん》な本性を隠そうともせず、マーリンに近づこうと一歩踏み出した。

マーリンはいよいよ本気でバルコニーに飛び出そうかと考えた、そのとき――。

「期待を外すようだが、マーリンならやるぞ」

鋭い声とともに扉が開き、ハインツが入ってきた。

よほど慌てていたのか上着もなくクラヴァットも結んでいない。白いリネンのシャツは釦が上からふたつも外れ、下半身にはなんの変哲もない普段着用のトラウザーズを穿いていた。

だが何より驚かされたのは、彼の手に握られた最新式パーカッション・リボルバーの拳銃。その銃口は、ピタリとアランの背中に向けられていた。

「嫌な男から逃げ出すためなら、彼女はバルコニーくらい平気で飛び下りる。ああ、それから、私も口先だけの男になるつもりはない。今度、私のいない場所でマーリンに近づいたら兄弟の遠慮は捨てる、と言ったよな？　よくもやってくれたな、アラン。忘れたとは言わせんぞ」

ハインツがそう口にした瞬間、壁に取りつけられた瓦斯灯に火が点けられ、部屋は眩しいほどの光で満たされた。

煌々《こうこう》と照らす光にマーリンは目を細くする。

ハインツの後ろから入ってきた衛兵たちは、それぞれが銃剣を構えていた。だが、さすがに狼藉者《ろうぜきもの》が第一王子とわかると、ほとんどの者がオロオロとし始める。

しかし、ハインツだけは微動だにせず、銃口はアランに向けたままだった。

「お、おい、こんな女のために……おまえは兄を殺すと言うのか？」

「こんな女だと？」

「ああ、そうだとも。おまえがいないのをいいことに、兄である私を誘ってきたのだ。こんな恥知らずな女は見たことがない。その証拠に、この女を裸にしてみるがいい。男を咥え込むために、娼婦よりも濡らしているはずだ」

アランは卑猥な言葉を口にして、ニヤリと笑った。

衛兵たちは一様に困ったような顔をしている。それでいて、アランの言葉が気になるのか、チラチラとマーリンに好奇の目を向けた。

彼らの視線に気づいたとき、羞恥にマーリンの胸は痛んだ。それなのに、躰の奥がズキズキと疼く。恥ずかしくて興奮するなど、今までの彼女にはとうてい考えられないことだ。

アランに飲まされた薬のせいだとはわかっていたが、ハインツの前でそれを口にすることは憚られた。

（異国の薬を飲まされたから……なんて、言えないわ。ハインツ様に、わたくしが本当に

感じていることを知られてしまうもの）

しっとりと湿ったドロワーズを気にしながら、膝を固く閉じる。淡いピンク色のデイドレスまで濡らしていないか、マーリンにはそれだけが気がかりだった。

だがしだいに、下腹部だけでなく、全身が熱く火照り始める。

余計なことは考えまい、とするのだが、どうしてもハインツに愛されたときのことを思い出してしまう。彼の唇が肌をなぞり、指先で敏感な部分を捏《こ》ね回《まわ》され、滾《たぎ》るような太い杭に穿たれる瞬間――。

今にもハインツに飛びつき、「抱いてください」などと口走ってしまいそうな自分が怖かった。

「マーリン、もう大丈夫だ。少しだけ、そのままで待っていなさい」

ハインツの口ぶりがこれまでと違って聞こえた。どこか他人行儀で、熱くなる身体とは逆に、マーリンの心は凍えてしまいそうになる。

「は……は、い……でも、信じて……ください。わたくし、アラン殿下とは……何も」

「余計なことは言わなくていい！　黙って、そこにいるんだ」

荒々しいハインツの口調に、マーリンの身体がビクッと震える。

そんなふたりのやり取りを見て、アランは調子に乗って口を開いた。

「おいおい、マーリン。あれほどまでに恥ずかしい姿を、この私に見せてくれたではないか。まさか、何もなかった、などという嘘はつかないでくれたまえよ。ハインツに本当のことを言いなさい。君が孕んでいるのは私の……」

刹那――ガチャッという重々しい音が聞こえた。

直後、ズガンという大きな音が寝室、いや、王宮中に響く。ほぼ同時に、ナイトテーブルに置かれた花瓶が粉々に砕け散った。

一連の音に耳を覆いたくなったのはマーリンだけではないだろう。寝室にいた者は全員、頭の中がクラクラとしているはずだ。

その中で、最も衝撃を受けているのはアランだ。

ハインツが発砲したのは、アランが卑猥な言葉を口にしながら、マーリンに少しだけ近づこうとした、まさにそのときだった。

「お、お、まえ……ま、さか、本気で……」

銃弾はアランのすぐ後ろを通過し、花瓶を撃ち抜いていた。

ハインツはアランの進行方向ではなく後ろを撃っている。そのことから、本当に命を狙ったわけではない、単なる威嚇《いかく》だ。

だが、当のアランはまさか自分に向けて弟が発砲するとは夢にも思わなかったらしく、床の上にペタンと座り込み、ガタガタと震え始めた。

「私から婚約者を奪ったと言うなら、相応の覚悟はできてるだろうな？　アラン、心して答えろ」

ハインツは銃口をアランに向けたまま、地の底から響くような低い声で尋ねた。

「待て、待て、待ってくれ！　何もしていない。誓って……さっきの言葉はすべて嘘だ。この場で撤回する。あ、あんなオイルランプの灯りしかなかったんだぞ、肌すら見ていない。本当に本当なんだ。信じてくれ、ハインツ。頼むから、撃たないでくれ」

アランの言葉は百八十度内容が変わっている。

「では、ここにマーリンを呼び出した理由も、きちんと聞かせてもらおうか？」

「ここで会っていたのは……それは……」

「それについては、すでにフィリッパから話を聞いている。アラン、おまえのしたことは許しがたい罪だ。これまでは目を瞑ってきたが、今回は……非常に残念だ」

新たに、開かれたままの扉から入ってきた人物、それはシュテルン王国国王、ゴットフリードだった。

その声を聞くなり、衛兵たちは一斉に銃剣を下げて最敬礼する。だが、ハインツだけは銃口をアランに向けたまま下げようとはしなかった。

「……父上……い、いえ、お待ちください、どうか私の話を……」

アランが呻くように言い訳をしようとしたとき、甲高い声が機先を制した。

「どうかお許しくださいませ、国王様！　ああ、マーリン様もどうか許してちょうだい。

あたくし、アラン様に脅されていたのです。言うとおりにしなければ、本当は伯爵家の養女であることをおおやけにして、愛するカール様の妻でいられなくしてやる。そう言われて、逆らえなかったのです！」

フィリッパは国王の足元にひれ伏しながら、大げさに泣き崩れる。

中庭の〝白夜宮〟で話したときは、とてもそんなふうには見えなかった。全く信じられないが、今のマーリンにはそれを口にすることもできない。

「アラン、おまえが子供のことに悩み、異国からきた薬師《くすし》のもとに通っていることは知っていた。だが、その薬をこんなことに使うとは」

国王の言葉は心から残念そうだ。

だが、その言葉にアランは反抗しようとした。

「そ、それは……でも、ハインツは私を撃ったのですよ。こんな、こんな狼藉は……」

「いい加減にしろ!!　自分の狼藉具合は、どれほど高い棚に上げれば気が済むんだ!?」

ふたたびガチャッと音がして、ハインツは撃鉄《げきてつ》を起こす。

アランの顔は真っ青になり、「ひっ！」と短く声を上げ、頭を抱え込んだ。

「やめなさい、ハインツ。アランはまだ最悪の罪は犯していない」

「ですが、父上！」

「アランには犯した罪にふさわしい処罰を下す。それは私の役目だ。今のおまえがやるべきことは、愛する婚約者の身体を気遣うことではないのか？」

国王の言葉に、ハインツは大きく息を吐いて撃鉄を戻した。そのまま、手にした拳銃を衛兵のひとりに渡し、マーリンのもとに駆け寄る。

ハインツの手が身体に触れた瞬間、マーリンは下肢の力が抜け、崩れ落ちるように抱きついていた。

「マーリン……苦しいのか？　それならすぐに王宮医師を」

「いいえ、違います。そうでは……ないのです」

あらゆる場所から熱が生まれ、マーリンの身体を苛《さいな》む。だが、まさか国王をはじめ多くの人がいる場所で、ハインツを求めるわけにはいかない。

「大丈夫……です。ハインツ様が駆けつけてくださるなんて……夢みたいで、嬉しい……」

マーリンは彼の背中に手を回し、力いっぱい抱きつく。

聞きたいことや疑問はたくさんある。とくにアランが言ったこと。彼はまるで、マーリンがすでに身籠もっているような口ぶりだった。誰に何を言われてそんな誤解をしたのか、気がかりでならない。

さらには、マーリンがここにいることが、どうしてハインツにわかったのか。もちろんフィリッパに聞いたのだろうが、彼女が進んでマーリンを助けてくれたとは思いがたい。

それ以上に、ヴェランダルで何があってこんなに帰りが遅くなったのか。

フィリッパが口にした、レディ・エリザベトのことも確認しておきたかった。

頭の中にはたくさんの疑問があるのに、マーリンの身体は恥ずかしいほどハインツに愛されることだけを求めていた。

切ないほどの疼きを、どうやってハインツに伝えればいいのだろう。

「……ハインツ、さまぁ……」

マーリンはポロポロと涙を流しながら、ハインツの胸に顔を埋める。

すると、ハインツは両腕をマーリンの背中に回し、息もできないほど強い力で抱き締めてくれた。

「父上！　マーリンの身体から、異国の薬を抜く必要があります。ここは私に任せてください。すぐに、この部屋から人払いをお願いします！」

ハインツの有無を言わせない勢いに、国王はフィリッパを立たせて全員に退出を命じた。

腰が抜けて自分では立つこともできないアランは、衛兵に引きずられるようにして、部屋から連れ出されたのだった。

☆　☆　☆

「マーリン、正直に言っていいぞ。本当は苦しいんだろう？」

言うべきではない、とマーリンの公爵令嬢としての良識が引き止める。だが、今の彼女はとてもレディの名誉にこだわっている場合ではなかった。

「アラン殿下に……薬を飲まされて……身体が熱いのです。脚の間が……ハインツ様に、触れて欲しくて……わたくし、淫らな身体に……なってしまいました」

部屋の中はハインツとふたりきり。そう思うと、乙女《おとめ》にあるまじき言葉を口にしてしまっていた。マーリンは彼の機嫌を損ねてしまったのではないか、と不安でならない。

恐る恐る、ハインツの顔を見上げようとしたそのとき、激しく唇を吸われていた。

「んっ……んんっ」

強く押しつけられ、唇を開かされる。いつもならハインツの舌が押し込まれるのを待つだけだが、今夜ばかりはマーリンのほうから舌を差し出していた。

舌の程よい弾力とぬめりに、マーリンは太ももを戦慄かせる。

（この舌が、いつもわたくしの恥ずかしい場所を……ああ、なんてことを想像しているの。ダメ、ダメよ……思い出してはダメ）

思い出すだけで、とろとろの温もりが内股に流れていく。マーリンは口づけだけで軽く達してしまった。

直後、ふわっと足先が床から離れ、彼女の身体はベッドに押し倒されていた。

「アランは君の唇を奪ったのか？」

それは先ほど拳銃を撃ったときと同じような、恨みの籠もった声だ。もし、マーリンがうなずいたら、彼は今度こそアランを撃ち殺してしまう気がする。

マーリンは急いで首を横に振った。

「わたくしの……唇は、いえ、すべてはハインツ様のもの。あなただけに……捧げたものでございます」

「本当か？　あのアランが、君には指一本触れなかった、と？」

「あ、脚には、少し……でも、膝までなので」

とび色の瞳が一瞬で嫉妬に曇り、彼はドレスの裾を捲った。

「ここか？　それとも、この辺まで触らせたんじゃないだろうな⁉」

「あ、いえ……あうっ！　そ、んな……さすったら……あ、あ、やぁ、あぁぁーっ‼」

無防備なドロワーズの内側に手を忍ばせ、さわさわと撫でられた瞬間、マーリンの躰からサラッとした愛液が噴き上げた。

「これは、凄いな。ドロワーズだけじゃなく、ドレスまでびしょ濡れじゃないか」

「申し訳……ありません。わたくし、我慢できなくて……こんな、こんなつもり、で、あうっ！　あ、やだ、待って……待ってください、ハインツ、様……また、また、溢れて……はぁうぅ!!」

快楽の波が容赦なく襲ってきて、マーリンはギュッと目を閉じた。自分に触れているのがハインツだと思うだけで、全身が悦びに打ち震えてしまう。

白銀色の髪を白いリネンのシーツの上に広げ、マーリンはそっと目を開けた。瑠璃色の瞳に安堵の涙が浮かび、ハインツの顔が滲《にじ》んで見える。

だが、彼の表情からは複雑な気配が伝わってきた。

（やっぱり……怒っておられるの？）

安堵の涙は一転して悲しみの涙に変わる。

「わかってる。充分にわかってるんだ、薬のせいだってことは。でも、アランの手が君を絶頂に導き、そんな顔を奴にも見せたのかと思うと……。クソッ！　狭量な自分が情けない……」

ハインツは拳をリネンに叩きつけた。

ボスッという音には驚いたが、彼の怒りはマーリンではなく、アランと自分自身に向かっているように見える。

「待って……待ってください。わたくし、アラン殿下の前では……こんなふうには」

「こんなふう、とは？　どんなふうか、はっきり聞かせてくれ！」

縋るようにマーリンの腕を掴み、ハインツはこれまで以上に、狂おしいほどの熱いまなざしを向けてきた。

「ですから……悦びには、達して……おりません。恥ずかしいくらいに……ぬ、濡れて、しまいましたけど。でも、身も心も、ハインツ様以外の前で……解き放つことなどできなくて」

息も絶え絶えになりながら、マーリンは必死で思いを伝える。

「マーリン、それではまるで、愛の告白に聞こえる……だが、君には」

「わかっております。あなたにご迷惑はおかけしません。でも、初めてお会いしたときから、ショティッシュを踊っていただいたあの夜会から……ずっとお慕いしておりました。両親が元気であれば、もう一度、あなたを招待していただきたいと……あっ」

ハインツはマーリンの告白をすべて聞く前に、トラウザーズを押し下げていた。今にもはち切れそうな欲棒を鷲《わし》掴みにして、二度の絶頂にヒクヒクとしている膣口に押し当て、ひと息に突き入れた。

ドレスを身につけたまま、脚を開かされてドロワーズの股割れ部分から挿入されている。自らの姿を想像して、マーリンは羞恥の悲鳴を上げた。

「ああーっ！　ハインツ様っ……あ、あ、あぁ……わたくし、もう……」

「もう我慢しなくていいんだ。よく頑張ったな、マーリン」

その言葉に張り詰めた心の糸がプツンと切れる。

「ほ、本当に……よろし、いの……ですか？　わたくし……ダ、ダメです、ハインツさ、ま……あ、あぅっ！」

蜜襞をこすられた一瞬で、マーリンの躰は三度目の快感に到達した。

そんな彼女をいたわるように抱き締め、ハインツは妙に嬉しそうな声でささやく。

「ああ、そうだよ。さあ、思う存分に感じなさい」

屹立《きつりつ》するハインツの雄が蜜道で暴れ始める。

彼はマーリンの額に自分の額を押し当て、瞳の中を覗き込むようにしながら、人懐こい笑顔を見せた。

「つらかっただろう？　そもそも君には、薬などいらないんだ。ひと突きで絶頂に達するほど敏感な躰の持ち主なんだから」

ハインツはクスクス笑いながら、彼女の中を忙しなく掻き回した。

彼から与えられる愉悦に臀部を震わせながら、マーリンは自ら腰を揺らす。

抑えたくても抑えられないのだ。異国の薬に支配された躰は執拗《しつよう》に快感を求め、心は思いどおりにならない切なさに涙を流す。

マーリンは泣きじゃくりながら、ようよう口を開いた。

「酷い……ハインツ様の……いじ……あんっ！　あ、あ……も、う、意地悪、しないでぇ……やぁんっ！」

深く突き刺したまま、肉棒の先端は蜜壺の底を緩々と弄り続けた。ピタリと互いの淫部を押し当てたまま、マーリンの涙に唇を押し当てて舐め取っていく。

「そんなに泣くんじゃないよ。ただ、今は少しだけ意地悪をしたい気分なんだ。さあ、マーリン、言ってくれ。私を愛しているから、もっと感じたい、と」

「そ、そんな……こと」

「言えないのか？　でも、腰は動いているぞ」

ハインツが激しく突いてくれないので、マーリンは自ら腰を振り始めていた。

蜜窟に収まるハインツの熱。その横溢《おういつ》する欲棒をもっともっと欲しがる淫らな自分の躰。ハインツに言われるまま、存分に求めて感じていいのかどうか。本当にそんな姿を見せてしまったら、薬のせいとはいえマーリンの本性は淫乱な女だと思われてしまうのではないか。

そんな思いに、彼女の心は千々《ちぢ》に乱れる。

「私の妃になりたい。早く結婚したい。もっともっと、君の身体を激しく突き上げて、余すところなく愛して欲しい――そう、言ってごらん」

「も、もちろん……ハインツ様を、あ、愛して……おります」

膣奥が溶けそうなほど熱い。痺れるような熱を持て余しながら、マーリンは愛の言葉を口にする。

そんなマーリンに向かって彼は、

「だから？」

と答え、ニッコリと笑う。

「も、もっと……し、して、くださ……い。もっと、は、激しく……愛して」

ハインツはマーリンの両太ももに手を添え、大きく脚を開かせた。

彼自身の体重をかけ、硬い淫柱を根元まで押し込む。先端は蜜壺の底を突き破るかのごとく子宮口まで達し……さらにはこじ開けるようにグリグリとこすられ、マーリンは堪えきれず頤を反らせた。

「はぁう、んんっ！　ああ……ハインツさ、まぁ」

「凄いな、マーリン。奥のほうがきゅうっと締まった。これは薬のせいかな？　それとも、私のことが好きだからか？」

これまでの絶頂を上回る感覚がする。マーリンの躰は達きっ放しと言ってもいい。

「……好き……ハインツ様が、好きで、す……」

激しく喘ぎながら、愛の言葉を口にする。

ハインツはそんな彼女の姿を、実に満足そうにみつめていた。

「いい子だ、マーリン。嬉しいよ。ほら、もっと上があることを教えてあげよう」

緩々とした腰の動きが、ふいに荒々しい抽送に変わった。

抜かれるときは蜜窟が狭まるくらいに吸われ、挿入されるときは蜜襞が裂けそうなほど押し広げられる感覚を味わう。

それが繰り返されることで膣奥まで熱を帯び、蕩けそうな快感を生みだしていく。

「今日は一段と熱いな。これが薬の効果だろうか？　私のほうもすぐに限界を迎えそうだ。丸二日、君を抱いてなかったせいかな」

抽送は少しずつ速くなり、ふたりの繋がった部分から聞こえてくる――ズチュズチュという卑猥な水音が大きくなっていく。

「この辺で一度、射精しておいてもいいかな？」

「は、はい……どうか、わたくしの……中に……」

最奥で彼を受け止めることは至福に繋がる。それはハインツから教わった悦び、躰と同時に心も満たす行為だった。

だが、自ら欲して口にしたのは初めてのこと。

「なんて、可愛らしい人だ……マーリン、君は最高だ！　もちろん、一滴残らず君の中に放ってあげよう。零すんじゃないぞ」

ハインツはこれ以上ないほど嬉しそうな顔をして、マーリンの華奢な腰をガッシリと摑んだ。

全身が揺さぶられ、目の前に星が散った。

「あ、ああっ！　やっやっ……やっ……ああーっ！」

肉棒の先端が爆ぜた瞬間、彼女が待ち侘びた白濁の飛沫が浴びせられる。それは異国の薬によって渇望《かつぼう》する彼女の泉を、あっという間に満たしていった。


マーリンは荒い呼吸を繰り返しながら、ハインツの身体に抱きついていた。

愛しい人に抱かれることはなんて幸福なことなのだろう。

もし、ハインツが戻ってこなければ……。

逃げることが叶わず、アランに組み伏せられていたなら……。

（わたくしは、異国の薬がもたらす欲望に負けていたかもしれない。でもそのときは、生きてハインツ様にはお会いできなかったわ）

マーリンが抱きついているハインツも、同じくらい荒い息をしながら優しく彼女の髪を撫でていた。

「知ってるかい、マーリン。異国の薬師はこの薬を〝惚れ薬〟と称して悪い男に売りつけているんだ」

「悪い……男の人に、ですか？」

「そうだ。意中の乙女に飲ませて、自ら求めるように仕向ける。純潔を奪い、孕ませて結婚を避けられないように追い込む。そのための薬が〝惚れ薬〟なんだ」

「そんな……酷いわ」

マーリンはハインツのことを愛していたから、どれほど身体が疼いてもアランを求める気にはならなかった。

でも、何も知らない身体がこんなふうになってしまったら、傍にいる男性の言いなりになってしまうだろう。そんなものは、とても〝惚れ薬〟——女性を惚れさせる薬とは言えない。男性の横暴を増長させる薬だ。

「アラン殿下はこれまでもこの薬を使って?」

「……らしいな」

ハインツは苦しげな声で答えた。

「奴を庇うわけじゃない。だが、懐妊を促《うなが》す効果もあるというから、藁《わら》にも縋る思いだったんだろうな。アランには子種がないと、王宮医師の診断が下っていたから」

さらりと口にした彼の言葉に、マーリンはドキッとする。そんな彼女の動揺に気づいたのか、ハインツは詳細も話してくれた。

なんでも、アランは周囲に極秘で王宮医師の診断を受けたらしい。だが、アランはその結果を受け入れず、誤診《ごしん》と言い張り診断書すら受け取らなかった。

困り果てた王宮医師は、同じように極秘で診断を受けに来たハインツに『国王陛下に話すべきかどうか』と、相談を持ちかけた。ハインツは口止めして、アランの診断書を預かったという。

「今のところ、誰にも話してない。まあ、父上はご存じのようだけどね。カールは……その辺りの危機感はない人だから、考えてもいないだろうな」

本来なら第二王子のカールが率先して気を配ることなのだろう。

だがカールは、自分に子供を作る能力があるのかすら気にならないようだ。何ごとにもこだわらないという大らかさは美点だと思うが、一国の王子としては、粗慢という欠点にも見える。

だから、アランはこんな乱暴な手段を用いてまで、マーリンを我がものにしようとした。彼女がハインツの子供を宿している、と思い込んでしまったせいで。

(アラン殿下はどうしてそう思い込んだのかしら……え？　ちょっと待って)

「あ、あの……ハインツ様も診断を受けた、とおっしゃいました？」

「ああ、言った」

「では以前、こっ……子種のほうも、ちゃんとあるから……と言われたのは」

「もちろん、そのときの医師の診立《みた》てだが。そう言えば、隠し子がどうとか言っていたな。ひょっとして、今でもそんな噂話を信じている、とか？」

ハインツはそんな人間ではない、と思いつつ、嫉妬に目がくらみ、噂話を信じていた自分が恥ずかしい。

「君は私のことを騎士のような男だと褒め称えながら、同時に、身分の違う愛人や隠し子を持つような男だと思っていたわけだ」

「あ、愛しているからこそ、妃にはしたくない……そう、おっしゃったのでしょう？ そのお話をヨハンナ様から聞いたのです。だから……だから、わかっております！ 本当に愛する女性はヴェランダル・パレスで大切にされておられるのだ、と。わたくしはそれでも、あなたのことを」

愛しています、と叫ぼうとした口をハインツは塞いだ。彼女の上に覆いかぶさり、身体を押しつけ合ったまま、キスを続ける。

「マーリン、ひとつ教えてやろう。愛してると言いながら、他の女と結婚する男のことを〝ろくでなし〟と呼ぶんだ」

「でも……それは……あっ」

そのとき、マーリンは気がついた。ハインツの身体の一部が、まだ彼女の中に挿入されたままであることに。

消えかけた快楽の火はたった一度のキスで燃え上がる。それは、彼女の体内から薬の効果が完全になくなっていないことの証だった。

「あ、あ、あのっ……ハインツ様……まだ、中に——

「君なら許せるか？　他の女の躰にコイツを捻じ込み、肉欲を貪《むさぼ》った挙げ句、自分以外の女を孕ませようとする男を。君を愛してるけど、妻にして子を産ませるのは別の女だ——そんなことを言われて、それでも愛せるか？」

マーリンには無理だと思った。

どんなに苦しい道でもともに歩みたい。安穏に生きるより、愛する人の傍らに勝る場所はない。ただそれは、彼女が本当の意味で、生きることの苦しさを経験していないせいかもしれない。

自らの未熟さを承知の上で、マーリンは首を横に振った。

「そんなのは、嫌です。わたくしだけを、見ていて欲しい。他の女性は抱かないで欲しい……ハインツ様、お願いでございます。どんなことでも……いたしますから、どうか……どうか、わたくしを選んでくださいませ」

両手を伸ばし、ハインツの頬に触れた。そのまま黒髪を撫で上げ、彼女のほうから口づける。

すると、マーリンの体内で熱い欲棒が漲《みなぎ》っていくのがわかった。ハインツの雄は大きく、逞しくなり、蜜窟を押し広げていく。

「愛して……います。どうか、わたくしを……」

「半年前、私はひと目で恋に落ちた。だが仮に、身分を捨てて婿養子に入っても、子供が産まれたら必ず王太子問題にかかわる羽目になる。わずか十八、清純で無邪気な少女を、欲にまみれた世界に引っ張り込むのは嫌だった」

「……ハインツ、様……？」

最初はなんのことを言っているのか、わからなかった。

だが少しずつ、マーリンは彼の告白の意味を知る。

「だから、逃げ出したんだ。両親が亡くなったと聞いたときも、手に入れたくなると思って葬儀には参列しなかった。ただひたすら、幸せな結婚をしてくれるように願っていたのに、よりによってグスタフなんかと……」

憎々しげに吐き捨てると同時に、ハインツは腰をグンと突き上げた。

「やんっ！　待って……ハインツ様……動かないで、お話を聞かせ……て……あ、あぅ」

「だが、グスタフとの結婚は君自身が望んだことかもしれない。そう思うと、着替えて大広間に向かうことが怖かった。そんなとき——私の腕の中に、愛する女が飛び込んできたんだ。だから、覚悟を決めた。逃げるのはやめにして、王太子の座も、愛する女も取りにいこう、と」

ハインツの告白を聞き、マーリンの胸はじんわりと温かくなる。嬉しくて、嬉しくて、じっくりと喜びに浸っていたかった。

それなのに、忙しなく腰を揺すられ続け、どう答えていいのか全く思い浮かばない。

「ハインツ様、ちょっと……待っ、あっ、あぁっ……お願い、お願いですか、らぁ……あぁっ！」

腕を掴まれ、グイと身体を起こされた。

下半身は繋がったままというのが、薬に火照った身体をさらに熱くする。マーリンは肩で息をしながら、ただただ、ハインツの顔をみつめた。

「愛してるよ、マーリン。君を振った馬鹿な男のことなんて、夜ごと……いや、朝も昼も抱いて、すぐにでも私の子種を植え付けて、忘れさせるつもりだった」

「そんな、こと……ハインツ様を、忘れるなんて……もう、無理です」

「ああ、もちろんだ。忘れなくていい。いや……絶対に忘れるな」

彼女は生まれて初めて、愛し合う恋人同士のキスを交わした。

そのまま、ハインツに引っ張られるようにして、ふたりは抱き合ったままベッドから滑り落ちる。

「マーリン、君の可愛らしい胸が見たい」

「……かっ、可愛いって……ハインツ様……あっん」

これまで、どれだけ深く結ばれても、ハインツとの間には見えない壁があった。いやらしい言葉を口にして激しく抱きながら、マーリンのほうもそれに応えながら、最後の最後でどうしても寄り添えない高くて冷たい壁。

今、ふたりの間の壁は、影も形もなくなっている。

ハインツは彼女の頬や首筋に啄《ついば》むようなキスを繰り返した。さらには甘えた仕草で抱きつき、蕩けるような声でささやいてくる。

「さっきは下の口がとろとろだったから、大急ぎで栓をしてやったんだぞ。だから、今度はゆっくりとドレスを脱がしてもいいだろう？」

「それは、アラン殿下が薬をっ……あっ、ハインツ、さ……まぁ」

彼は思わせぶりなまなざしでマーリンをみつめたまま、胸元のリボンを唇に挟んでスッとほどく。麻の糸を巻いて作られたドーセットの釦まで、唇を押しつけるようにして外していくのだ。

その器用さに感心しているうちに、ドレスの前がはだけてシュミーズが露わになった。

「お待ち……くださいませ。あの……明る過ぎます。どうか、灯りを……消してください」

「今さら？　さっきはこんなに明るい中で、乱れまくっていたのに」

「先ほどは、先ほどです！　今はもう……だいぶ、薬の効果が弱まってきて……い、て……やだ、やぁ」

ドレスのウエスト部分を引き絞った紐がほどかれた。胴の辺りが楽になった途端、スカート部分をスルスルとたくし上げられ、シュミーズごとスッポリと頭から脱がされてしまう。

あまりの早業に抵抗もできずにいると、ハインツは胸の谷間に顔を埋めた。

「ああ、ダメだ。君からもらった〝惚れ薬〟のせいで、私のほうが耐えられそうにない」

「わたくし、そんな薬なんて……」

一瞬、アランに飲まされた薬のせいで、自分と交わったハインツにまで影響を与えてしまったのか、と不安になる。

だが、彼はしれっとした顔でとんでもない言葉を口にした。

「溢れてくる蜜が〝惚れ薬〟となって私の男根に絡みついてくる。長年蓄《たくわ》えた子種を出し尽くすまで、抜けそうにないな」

「な、なんということを……おっしゃるのです！　もうっ、ハインツ様ったら」

マーリンは馬鹿にされたと思い、彼の胸をポカポカと叩く。

「待て待て、嘘じゃないって。若いころは無茶もしたが、結婚しないと決めてからは、これでもキッパリと女断ちしてたんだぞ」

「本当ですか？　あ、でも……最初の夜から、もう何度もわたくしの中に……」

「子種を注ぎ込んだくせに、とか？」

そのものズバリの返答に、マーリンは頬を真っ赤にした。

すると、そんな彼女の頬にキスしながら、

「可愛いなぁ、マーリンは。何度抱いても抱き足りないはずだ。子種のほうも、アレくらいじゃまだまだな。ほら、一度射精してもすぐにこうなるんだから」

ハインツは小さく腰をクイと動かす。

それは彼女に、自分が肉の剣に貫かれたままであることを思い出させる。体内にくすぶる快楽の火種が煽られ、マーリンも腰を震わせた。

「さあ、マーリン。私も脱がせてくれないか?」

「わた、くしが……ですか?」

「そうだ。それとも、私の裸なんてどうでもいいのかな? 愛する君に、必要なのは子種だけで男の魅力なんて感じない、と思われているならショックだ」

心から傷ついている素振りを見せられると、マーリンも嫌とは言えない。

「そんなこと……ありません。ハインツ様は、とっても魅力的です。ブロンズ色の肌を目にするだけで……いつも、胸がドキドキして……」

ハインツは彼女の手を摑むと、自分の胸元へと誘導する。

真珠貝の釦が指に触れ、マーリンはそれをひとつずつ外していった。逞しい胸板や腹筋が露わになっていく。

そして一番下の釦を外したとき、黒い茂みから勃ち上がる凜々《りり》しい昂りの一部を目にしてしまった。しかも、その昂りのほとんどはマーリンの中に収まっている。

とくんと心臓が高鳴り、躰の奥から熱い液体が溢れ出た。

「ん？　ひょっとして、今、気持ちよくなってる？　じゅわっと蜜が噴き出してくる感じがしたんだけど」

言葉にされると恥ずかしく、マーリンは慌てて手を引っ込めようとした。だが、それをハインツに引き止められてしまう。

「あ……放して、ください」

「どうしてだい？　ほら、触ってごらん。ここが繋がっているんだ」

彼はスッと腰を引いていき、膣口に昂りの先端を引っかけて止める。

このとき初めて、愛し合うということ、結ばれていることをマーリンは実感した。不思議な感動を覚えつつも、雄々しくなった男性自身の太さに驚いた。

（浴室で、チラチラと目にした気がするのだけれど……こんなに……だったかしら？　それでも、痛みは最初だけなのね。やっぱり、ハインツ様を愛しているから……）

愛し合っているという安心感だろうか、彼女は頬を染めながらも視線を逸らすことができない。すると、彼の手に導かれて昂りを握らされていた。

「きゃっ！」

「大丈夫だよ。怖くないから、優しくしてくれ。頼むよ、マーリン」

顔を覗き込まれ、笑顔でチュッとキスされる。

愛する人に満面の笑みを見せられたら、どう足掻いてもあとは言われるままだった。

ふたりを繋ぐ肉棒をそっと握り、優しく撫でさする。掌に包んで上下に動かすと、ハインツの呼吸が荒くなり、目を閉じて小さく腰を揺すり始めた。

「あの……気持ち、いいですか?」

「ああ、最高だ」

言葉にされるとマーリンも嬉しい。

それに、浅い部分で抜き差しされ、そろそろとこすられるのは、彼女にとっても快感だった。片手でハインツの男根を摑んだまま、もう片方の手を彼の胸に押し当てる。汗ばんだ肌、硬く盛り上がった筋肉、マーリンは初めて自分から男性の胸に唇を寄せたのだった。

軽く押し当てたあと、彼がしてくれるようにそうっと舌先を這わす。

「待った! 待ってくれ、マーリン。いきなりそれは……私の神経が持たない」

「ごめんなさい……わたくし、はしたないことを……」

こんなにいやらしい気持ちになったのは、薬のせいだろうか?

だいぶ薄まったつもりでいたのに、ハインツの裸身を目にして、身体の奥底から湧き上がる感情に後押しされてしまったのだ。

(ああ、でも、わたくし自身が望んだことだとしたら? ハインツ様に嫌われてしまう)

居た堪《たま》れなくなり、ハインツから離れようとしたが、阻止したのも彼だった。

「あ、あの……申し訳ありません、ハインツ様」

「謝る必要はない。ただ、奉仕されるのに慣れてないだけだ。ふたりでゆっくり、いろいろと試していこう。先は長いんだから」

そんなことを言いながら、彼は自分の足先からトラウザーズを脱ぎ捨てた。

そして、マーリンのドロワーズの腰紐をほどき、さらには左右の太もも辺りで結んである紐まで解《と》いてしまう。

ふたりは一糸纏わぬ姿になり、ハインツはふたたび奥まで挿入しながら、彼女の身体を強く抱き締めた。

「あぁ……んんっ……奥に、奥に、当たるのです。わたくし……また、気持ちよくなって……しまいそうで……やぁあーっ」

身体中が性感帯のようだった。

とくに、ハインツの肉棒を押し込まれていると思うだけで、止め処なく蜜が垂れてきてしまう。

マーリンは彼に跨り、胸を吸われながら必死で腰を動かした。しだいに、腰を突き上げる動きも激しくなり、ジュップジュップという恥ずかしい音に耳が慣れ始めたとき、子種を含んだ奔流が解き放たれた。

「ハインツ様……ハインツ様ぁ……もっと、奥に……どうか、すべてをわたくしに……あ、あ、あぁ……もっと、もっとぉ……あぁーっ！」

ハインツの情熱をすべて自分のものにできる。『わたくしだけを愛して』と叫ぶこともできるのだ。マーリンは淫らな声を上げ、彼に抱きついて、至福の悦びに身を委ねた。

「好きです……あなたが好き。どうか、あなたの子種は全部わたくしに……わたくしだけに、ください。どうか、お願いです」

恥ずかしさをひととき忘れて、心のままを口にする。

「ああ、君に全部やろう。その代わり、私に六人の息子と六人の娘を与えてくれ」

「そ、それは、十二人も……ですか!?」

「ちょっと多いかな？　じゃ、三人ずつにしておこう」

ハインツは屈託のない笑顔を見せる。

「えっと……頑張ります」

そんな彼につられて、マーリンも微笑んだ。

☆　☆　☆

「ハインツ様……いい加減、この部屋から出たほうがいいと思うのですが」

大きな窓から明るい陽射しが射し込んでくる。それも、かなり高い位置からなので、昼近くなのは間違いないだろう。

床に座り込んで抱き合っているうちに、気がつけば床の上を転がりながら愛し合っていた。

ハインツに、背中や腰がつらいだろう、と言われたときは、ようやく中庭の〝白夜宮〟に戻れると思ったのだが……。彼はマーリンから離れようとせず、つい先ほどベッドの上で、五回目の吐精を終えたのだった。

今は彼の腕枕でベッドの上に横たわっている。絹のベッドカバーはひんやりとして、火照ったふたりの身体を冷やしてくれた。

「大聖堂に顔を出すのは夕方以降だろう？　それまでは、君の〝惚れ薬〟を抜くために頑張らないと」

「もう、大丈夫ですから……アラン殿下もすぐに効くけれど、効き目は夜が明けるまでで長くは続かない、と言われていましたし……」

「ふーん。それは、私といつまでも睦み合ってるより、さっさと離れてゆっくり寝たいってことか」

「そういう意味ではありません……もう、ハインツ様の意地悪」

そう言うと、彼の胸に頬を押しつけ、脇腹をほんの少しだけ抓《つね》った。

こんなにまで優しい時間をふたりで過ごせるなんて、マーリンは夢のような幸せに浸っていた。時折、愛の言葉を口にしながら、ぴったりと寄り添い、子供の数や将来のことを話し合う。

そしてハインツが無言になると、とび色の瞳に色っぽさを浮かべて、マーリンに迫ってくるのだ。

外の様子も気になるが、ついつい応じてしまって……そのたびに、ふたりは甘やかな時間を繰り返していた。

そのとき、マーリンはふと思い出したように尋ねた。

「あ、そうだわ！　ハインツ様はどうして、この部屋にわたくしが囚われているとわかったのですか？」

「そのことか……」

ハインツは眉根を寄せると、忌々しそうに吐き捨てた。

「考えれば考えるほど、頭にくる女だ！　フィリッパを許したくはないんだが、彼女の協力がなければ、この部屋に踏み込むまでに時間がかかったのは確かだ。君の名誉のためにも、今回は無罪放免にするしかないんだろうな」

マーリンを抱き寄せながら、彼は本当に悔しそうだった。

あまり話したくなさそうなハインツに聞くのは躊躇われたが、マーリンのほうも気がかりで確認せずにはいられない。

「では、やはり、王族用の休憩室にいるとフィリッパ様から聞かれたのですね。でも、わたくしを呼びに来られたときのフィリッパ様は、とてもアラン殿下に脅されているようには見えませんでした」

「当然だな。フィリッパの言い訳は実に堂に入ったものだった。きっと最初からの計画だろう。君に乱暴をさせてアランを王太子の座から遠ざけ、私たちの結婚も壊すつもりだったんだ――」

ハインツが深夜、王宮に駆け戻ったとき、中庭の入り口でふらつく衛兵に目を留めた。衛兵に話を聞くと、アランからの差し入れという夜食を侍女が運んできて、手をつけたあとの記憶がないと言う。

不審に思ったハインツは、集まってきた数人の衛兵に命じ、夜勤の侍女が泊まる小部屋も確認させた。すると侍女はその騒ぎの中、熟睡したままだった。

あり得ない事態にハインツは中庭に駆け込み、〝白夜宮〟をくまなく探すがマーリンの姿は見当たらない。

だが、王宮に夜間出入り可能な二ヶ所の門に立つ衛兵は、『今夜は入られた方はいますが、出られた方はいません』と言う。当初、ハインツは『入られた方』とは、夜中に馬で駆け戻ってきた自分のことだとばかり思っていた。

「王宮内を調べ始めたとき、すぐにフィリッパが見つかった。彼女は王妃様に相談があってやって来たが、起きられる時刻まで待つつもりだった、としらを切ったままで……。仕方なく鎌《かま》をかけたんだ」

王宮内の侍女の中には、アランに命じられて差し入れを衛兵に届けた者はいない。衛兵が問題の侍女の顔を見ているから、無関係と言うなら対面してもらおう――。

その言葉を聞くなりフィリッパは泣き崩れ、アランに脅されて……という言い訳を始めたのだった。

「鎌を……ということは、衛兵はアラン殿下の差し入れを持ってきた侍女の顔は見ていない、とか？」

「と言うより、よほど大量に薬を盛られたのか、あの時点では衛兵のほうがフラフラでね。夜勤の侍女は目を覚ましてもいなかった。君の安全を第一に考えていたから、大号令をかけて王宮職員を叩き起こし、問題の侍女がいるかどうか確認するわけにもいかなかったし……」

国王を起こしたのはハインツではなく、侍従のエクルンドだという。

アランがかかわっていることは明らかで、マーリンの身に万が一のことがあれば、ハインツは黙ってはいない。

案の定、拳銃を突きつけフィリッパに白状させようとしたハインツを制し、温情を示して口を開かせたのは国王だった。

マーリンはハッとして思い出す。

「どういたしましょう。わたくし、国王様にお礼も言っておりません」

あのときは〝惚れ薬〟のせいで身の置き所がなく、おまけにハインツが拳銃を手にしていて、アランを狙っていたので気が気ではなかったのだ。

だが、心臓の悪い国王にとんでもない場面を見せてしまった。第一王子の罪を知り、ショックを受けたのではないかとマーリンは心配になる。

唐突に起き上がり、ドレスを探し始めたマーリンを見てハインツはびっくりした声を上げた。

「いきなり、どうしたんだ？」

「異国の薬のことで、きっと心配なさっています。一刻も早く、わたくしに問題がないことをお知らせしなくては。陛下の心臓に、これ以上のご負担をかけるわけにはいきません！」

「あ……いや……とにかく、大丈夫だから。そ、それより、アランは君が懐妊しているように言ってなかったか？」

ちょっと慌てたハインツの様子を不思議に思いつつ、アランの誤解を彼が口にしたことで、マーリンの意識は懐妊の一件に移った。

「はい、そう言われました！　わたくしのお腹の子供を自分の子供にする、と……どうしてご存じなのですか？」

質問を返したマーリンの耳に、チッと舌打ちが聞こえた。

「もちろん、フィリッパだ。彼女はアランに子供が作れないってことを探り出し、診断書が私の手にあることまで調べていた。どうにかしてそれを公表したかったんだろうな」

国王はフィリッパに——アランがどうして弟の婚約者に乱暴を働こうとしたのか、協力を求められたなら知っているのではないか。共犯でないのなら話すように——そう言って真相を問い質した。

『あたくしは社交界で耳にした噂話をお伝えしただけですわ。あっという間に結婚式の日取りが決まったのは、きっとマーリン様のご懐妊が明らかになったからだろう、と。そうしたら、アラン様は激昂されて、なんとしてもマーリン様を手に入れ、子供の父親として王太子に名乗りを上げるとおっしゃって。どうしてあんなにむきになられたのかしら？』

フィリッパは厚かましくも言い放ったのである。

ハインツにすればそのことを口にするだけで、ふつふつと怒りが湧いてくるらしい。だが、マーリンのほうは、ある意味感心していた。

（私利私欲のためなら、何があっても逞しく生き残れそうな方だわ。男性に生まれていたほうがよかったのかも……ああ、でも、それはダメ。だって、そのときは不幸な目に遭う女性が増えてしまうもの）

いろいろなことを想像してしまい、何も言えなかった。

「すまない。君をあんな目に遭わせながら、フィリッパはお咎めなしになる。アランも、おそらくはフリークルンド市を離れて、領地に謹慎《きんしん》といった程度か」

申し訳なさそうにハインツのほうが謝った。

マーリンが黙っているので怒っていると勘違いしたらしい。

「アラン殿下は第一王子ですもの、仕方ありません。ハインツ様が謝ったりなさらないでください。それに、わたくしも悪かったのです。フィリッパ様の言葉を真に受けて、あなたを疑ってしまいました」

ベッドから身を乗り出し、床から拾い上げたピンク色のドレスで胸元を隠しながら、マーリンは彼のほうに向き直った。

「疑った？　ひょっとして、ヴェランダル領から戻ってこなかったことをかい？」

「……はい」

そのことはすでに説明を受けていた。強風と大雨が理由で大木が倒れ、薔薇園を直撃しそうになったので回避するために男手が必要だったのだ、と。

「まあ、勘違いというか、誤解というか、何かすれ違ってることに気づいたのが出発直前だったしな。君に求婚して、子供を欲しがって何度も抱けば、私の思いはそれで伝わってるとばかり――」

ヴェランダルへの出発直前、マーリンから『愛されていると……思ってしまいそうだから』という言葉を聞き、ハインツは腰が抜けそうなほど驚いたという。

「愛してるに決まってるじゃないかって、あのときに言えばよかったんだな」

「いえ、それは……わたくしも、お慕いしているのはあなたです、とお伝えすればよかったのです。でも、王弟殿下からあなたに乗り換えたと思われるのが怖くて……」

ハインツはドレスごとマーリンを抱き寄せ、彼女の額に優しく口づけた。

「私も怖かったんだ。愛は否定していない。愛し合う両親や、愛のために命を懸ける人たちを知ってるからね。ただ、自分に真実の愛が見極められるのか、それが不安だった。君に惹かれながらも、諦めることを選んだのはそのせいだ」

「でも……わたくしのために、生き方を変える決断をしてくださったのでしょう?」

マーリンの問いに、ハインツは憂いのない笑顔を見せる。

「一国の王子として生まれた以上、責任から逃げるべきじゃないと思っただけさ」

「やっぱり、ハインツ様は物語に出てくる正義の騎士のような方だわ。そんなあなたのことを、フィリッパ様に言われただけで……レディ・エリザベトとの関係を疑うなんて」

マーリンが迂闊にも中庭の〝白夜宮〟を抜け出し、フィリッパのあとをついて行ったのはエリザベトの件が一番の理由だった。

――アランの元妃を愛人にして、ヴェランダル・パレスに匿っている。離婚直後に産まれた、六歳になる娘がいる。エリザベトとその娘を裏切りたくないから、マーリンとの結婚を取りやめにしたい――等々。

フィリッパから聞いた話をハインツの前で繰り返した。

ハインツはしばらく呆然としていたが、やがてポツリと呟く。

「そうか……レディ・エリザベトの顔は知らないと思ってたんだが、カールも会ってたんだな。道理で、フィリッパが私に対して、別の切り札があるようなことを言うはずだ」

「ハインツ様？　まさか、レディ・エリザベトがヴェランダル・パレスに住んでいる、というようなことは……」

ハインツは少し困ったように目を逸らし、「実は……そうなんだ」と答えた。

一瞬でマーリンはわけがわからなくなる。ハインツは自分を愛していると言ってくれた。社交界を退いてから女性とは関係を持っていない、とも。

「レディ・エリザベトに娘さんがいるというのは？」

「六歳になるカルロッテがいる」

「黒髪でとび色の瞳をしておられるとか……わたくしの記憶に間違いがなければ、レディ・エリザベトは淡い金髪をしておいででした」

「そうだな、きっと父親似なんだろう。ちなみに、彼女には二歳になる息子オルヴァーもいる。彼は淡い金髪だ」

マーリンは『父親似』という言葉を聞いただけで倒れてしまいそうなのに、ハインツは平然と話し続けていた。

最初のあやまちはともかく、息子の存在はハインツの言葉に嘘があったということになる。そう思う反面、すべてがマーリンと出会う前のことなのだから、怒ってはいけないと戒める声が頭の中で響く。

「では、その三人の方がヴェランダル・パレスにお住まいなのですね」

震える声で尋ねたとき、

「いや、四人だ。子供たちの父親であり、レディ・エリザベトの夫も一緒に住んでいる。ああ、正確には――領主館の管理をしているイリス・フォルシアンと妻、ミセス・リサ・フォルシアンのことだが」

「……？」

思いがけない返事に、マーリンは首を傾げた。

すると、ハインツはおもむろにマーリンを膝に抱き上げ、いきなり鼻を抓んだのだ。

「きゃっ！」

「こら、マーリン。また私を疑っただろう？　そういうときは黙って我慢せずに、あなたの子供なのか、とはっきり聞きなさい。そうしたら、私も違うと説明できるんだから」

ハインツの言い分は正しかった。

「……はい……では、あなたの子供ではないのですね？」

マーリンが尋ねると、彼はエリザベトが離婚に追い込まれたときのことから話し始めた。

七年前、アランはいきなりエリザベトに離婚を言い渡した。理由は彼女の不妊。本来なら止めるはずの国王も、このときは一触即発の近隣二ヶ国の仲裁に入っており、目が行き届かなくなっていた。

貴族社会で子供の産めない女性という烙印《らくいん》を押されると、人前に出ることすら難しくなる。王宮を追われ、実家の伯爵家にも戻れず、行き場のなくなったエリザベトに住まいを提供したのが、当時二十歳のハインツだった。

その三ヶ月後、国教会はふたりの離婚を正式に認めたのである。

「問題はそのあとだ。離婚直後に彼女の懐妊が判明した」

「アラン殿下のお子様では……ありませんよねぇ」

王宮医師の診断に間違いがなければ、そんなことはあり得ない。案の定、ハインツも首を縦に振った。

「三ヶ月間、アランは一度もエリザベトに会っていなかった。彼女は黙秘を続けたが、相手の男が名乗り出てきた」

それがイリス・フォルシアン、元陸軍大尉《たいい》でハインツの専属護衛官だった。黒髪でとび色の瞳をした、ハインツよりひと回りは大きいがっしりとした男性らしい。

ハインツがエリザベトを気遣い、護衛として付けたのが裏目に出た。イリスは彼女に深く同情して、それはやがて相互の愛情に変わり……。

「だが、立場が立場だ。ばれたら、ふたりとも罰せられる。子供も罪の子として酷い扱いを受けるだろう。でもそのとき、イリスが言ったんだ」

イリスは、自分が力尽くでエリザベトを凌辱《りょうじょく》した、と告白した。罪はひとりで背負って逝くので、どうかエリザベトが子供を産めるようにしてやって欲しい、と。

「それは……わたくしなら、愛する人をひとりで死なせるなんて……ああ、でも、子供を道連れにはできないわ」

そのときのふたりの気持ちを思うだけで、マーリンは胸が痛くなる。

だがそれは、当時のハインツも同じだった。

彼はエリザベトが外国に行ったと噂を流し、ヴェランダル・パレスに匿った。同時に、士官という立場から理由もなく軍を辞めることができないイリスを、職務上の失敗により王子の逆鱗に触れたことにして免職《めんしょく》処分にしたのである。

「アランに子供ができしだい、カルロッテの年齢を一歳ごまかして、ふたりの結婚をそれぞれの家族に報告しようと話してたんだが……」

ハインツが言葉を濁《にご》し、マーリンもハッとした。

あのアランのこと。もしカルロッテの年齢がばれたら、自分の子供だと主張して奪っていくかもしれない。

「時間が経てば好転すると思っていた状況が、悪くなる一方でね。私に決断を迫りたいだろうに……ふたりとも、何も言わなかった」

「それは、ハインツ様が王太子に決まったら、レディ……いえ、フォルシアン一家も安心して暮らせる、ということですか？」

彼は返事をせず、マーリンの身体をギュッと抱き締めてくる。

当時のハインツは、イリスとエリザベトを匿っている負い目もあってか、しだいに社交界から離れていった。あるいはハインツ自身も真実の愛や愛する人の子供が欲しくなったのかもしれない。

結局、アランの子供が誕生しないことに、一番焦っていたのはハインツだった。

「マーリン……私は王太子の座に就くつもりだ。それはたとえ、君に子供が授からなくとも、必ず成し遂げる」

それはハインツの決意表明だ。

「それは、子供がいても、いなくても、わたくしへの愛情は不変という意味ですか？」

マーリンも真摯《しんし》な思いで彼に問う。

「ああ、君も言っていただろう？　子供は授かりものだ、と。人生は思いどおりにいかないことのほうが多い。でも、欲しいものを取りにいこうと決めた」

「わかりました。わたくしも、あなたへの愛は生涯変わりませんが、欲しいものを手に入れる努力をしたいと思います」

思いがけない返事だったらしく、ハインツは目を丸くしている。

「マーリン、それは……」

「あなたの子供を授かるための努力をしたいです」

ハインツの肩口に頬を寄せ、そっと彼の瞳を見上げた。

「ダメ……ですか？」

すると、彼の顔が近づいてきて――。

「まさか。望むところだ」

唇が重なる寸前、嬉しそうな声が聞こえてきたのだった。

第七章　蜜月ベイビー

あっという間に一年が過ぎて、シュテルン王国は新しい夏を迎えていた。

晴れ渡る空の下、実に三十三年ぶりの式典が行われようとしている。

「妃殿下、ウエストはきつくございませんか?」

侍女のアンはコルセットの締め具合がよほど気になるらしい。

マーリンは苦笑しつつ、

「ええ、大丈夫よ。産後二ヶ月には見えないでしょう?」

美しいラインの絹ファイユのドレスを着るため、必死で絞ったウエストに手を当て、クルリと回った。金糸の織り込まれた生地は波打つようなドレープを描き、夏の陽射しに煌めいている。

今日の式典——立太子式は、昨年の秋にマーリンの懐妊が発表された直後に決まった。

『男子優先だが女子も認められることになった。王室法が改定されたら、貴族の後継者も条件が変わる。これで、未婚の後継ぎ娘でも爵位を継ぐことが可能になるぞ』

ハインツは議会に根回しをして、マーリンの産む子供が女の子であっても自身が王太子に立てるように王室法を変えたのだった。

だがそれは、とりあえずの一歩だという。何ごとも急には変わらない。また、急に変えようとしたら軋轢《あつれき》を生む。それでは、すべてがダメになってしまうのだ、と。

まずは一歩。ハインツは王太子となり、ゆくゆくは国王となって、少しずつこの国を変えようと思っている。

マーリンはそんな夫を支え、どんな困難な道であっても彼とともに歩む覚悟でいた。

そして立太子式の日程が決まったとき、ハインツはドゥ・コロワ国の仕立て職人に最高級のドレスをオーダーしてくれた。ウエディングドレスが王妃のドレスの仕立て直しだったので、立太子式には新しいドレスを、という気遣いだ。

「ええ、ええ、素晴らしいドレスに負けず劣らず、とてもお美しいですわ。可愛い王子様もご誕生になって、母なる輝きと言いますか……。何より、ハインツ殿下のご寵愛《ちょうあい》を一身に受けておられるせいかもしれませんね」

アンの言葉を聞き、マーリンは赤面する。

「寵愛は嬉しいのだけれど……。ドレスのオーダーは早過ぎだったわ。懐妊前のサイズで頼んでしまうのですもの」

「あら、職人はサイズを調整すると言いましたのに、お断りになったのは妃殿下ではありませんか」

「当たり前ではないの。ウエストが入らないなんて、絶対に言えません！」

声高に宣言するマーリンを見て、アンは噴き出した。

「妃殿下ったら。おしとやかな方に見えて、やはり〝王宮の影の実力者〟ですわ。いえ、王宮で働く者たちは皆、妃殿下をお慕いしておりますから、ご安心くださいませ！」

「アン……だから、その呼び方はやめてちょうだい。わたくしにはなんの力もありません！」

この一年で王室は大きく変わった。

その裏にはマーリンが……などという噂が広まっているのも事実だった。


まず、第一王子のアランである。

彼は一年前、マーリンを襲った直後にヨハンナから離婚を言い渡された。

ヨハンナは離婚が成立するなり、彼女に熱烈な求婚をしていた隣国の青年貴族のもとに嫁いでいった。今年中には子供も産まれるという。すると、かつて侮辱《ぶじょく》された腹いせとばかりに、祝いに訪れる人々に『最初の結婚で子供を授からなかった原因は私ではありませんから』と言い回っているらしい。

これまでの行いが悪かったせいもあり、国王夫妻も一切アランを庇おうとはしなかった。アランは、悪行を表沙汰にしないことを条件に、彼自身の希望で公的な役目から退いたことになっている。今は首都を追われ、領地の領主館から一歩も出ることなく暮らしているという。

第二王子のカールにも変化はあった。

フィリッパがアランの企《くわだ》てに手を貸したと知り、カールは深いショックを受ける。だが、ハインツとマーリンに対しては、謝罪の意味を込めて『弟夫婦より先に子供を授かったとしても、自分は王太子の地位をハインツに譲る』と宣言。

妻を愛することはやめなかった。

それでもフィリッパは『子供ができればこっちのもの』と思っていたようだ。

しかし、すぐにマーリンの懐妊が発表され、フィリッパは理性の箍《たが》が外れてしまう。サロンの場は乱交パーティと化し、ついにはブランシャール宮殿で愛人と戯《たわむ》れているところをカールに見られ……。

さすがのカールも、フィリッパを愛し続けることは無理だと諦めた。

だがフィリッパのほうがすんなりと承諾せず、離婚に様々な条件をつけてきているという。将来の生活費や慰謝料、財産分与などだが、認められることはないと法律の専門家たちは言っていた。

今は国教会が離婚を認めてくれるのを待っている状況だ。

『当然だな。王家の名前で傍若無人《ぼうじゃくぶじん》を繰り返したんだ。こちらから慰謝料を請求したいほどだ』

ハインツはそう毒づいていた。

だが、カールならおそらく、フィリッパの生活が立ち行くように手配してやるのではないだろうか。

マーリンがそんな感想をハインツに伝えると、

『……だろうな。だから、あんな女が付け上がるんだ』

ため息混じりに呟いた。

ざわざわと、廊下に話し声が広がる。

続けて、数人の足音とともに、扉を叩く音が聞こえた。

「マーリン妃殿下、失礼いたします」

入ってきたのは侍従のエクルンドだ。

「もう時間かしら？」

「いえ、陛下と王妃様が、式典の前にぜひお顔を拝見したいとの仰《おお》せで……」

エクルンドは、式典が終わってからにしてもらえたら、といった表情をしている。

だが、マーリンはふふっと笑った。国王夫妻が顔を見たい相手はマーリンのほうではない。彼らは生後二ヶ月の王子、エリクに夢中なのだ。

ハインツの第一王子、エリク・クリストフェルは結婚式の九ヶ月後に誕生した。父親から黒髪を、母親からは瑠璃色の瞳を受け継いでいる。両親や祖父母の誰に似ても、ひと筋に女性を愛する誠実な男性に育ってくれることは間違いない。

「わかりました。では、エリクを連れてこなくてはね。おふたりが顔を見たいのは小さな王子様《リトル・プリンス》でしょう？　もう目を覚ましていたらいいのだけど。アン、あとはお願いしますね」

マーリンは内扉を開けると、三つ向こうの部屋まで順々に扉をくぐって進む。

日当たりのよい子供部屋に入った瞬間、白い軍服を着たひとりの男性が目に飛び込んできた。マーリンの愛する夫、ハインツだ。

「ほーら、エリク、今日はいい天気だぞ。一緒の馬車に乗って大聖堂に行こうな。次の立太子式は何年後かな？　でも、おまえが王太子になるころには、王室法で定めた条件なんか撤廃しておいてやるからな」

表情はだいぶ豊かになったものの、まだ首も据わっていない。そんな息子を抱き上げ、ハインツは真剣な顔で語りかけていた。

軍服の上には、肩から斜めにかけられた赤地に金の縁取りの懸章《サッシュ》、同じく肩には金糸で編まれた飾り紐《モール》も下がっている。初めて会ったときに比べて少し髪も伸び、我が夫ながら、見惚れてしまいそうな凜々しさだ。

ただ、正装には不似合いな点がひとつある。

おそらくはエリクを抱き上げるために外したのだろうが、白い手袋を腰のベルトに挟むという粗放さが、彼らしいと言えば彼らしい。

そんなハインツの姿を見て、王室法で定められた条件も、まるっきり悪法ではないのだとわかった。

ふさわしくない者、やりたくない者が除外され、心から望んだ者が王位を継ぐ。もし長子優先なら、あのアランが王太子となっていた。

この王室法があったからこそ、アランは合法的に排除され、ハインツが王太子に決まった。それが、ハインツとマーリンの子供たちにも起こらないとは限らない。

「お！　エリク、おまえの母上もやってきたぞ。いつも美しいが、今日は輪をかけて美しいな。おまえも大きくなったら、母上のような女性を見つけるんだぞ。そのためには……バルコニーにペチコートが降ってきたら、まず上を見ろ！」

「ハインツ様っ⁉」

ふたりが再会した夜の王宮での出来事を言われ、マーリンは真っ赤になる。

「冗談だ。そんな顔をして怒るなよ。まだまだ、エリクにはわからない話だろう？」

「ええ、そうですね。わたくしも娘が産まれたら、きちんと教えてあげなくては。意に沿わぬ殿方に言い寄られたときは、遠慮なく肘鉄を喰らわせなさい、と」

王宮よりさらに前、初めて会った夜にハインツから教えられたことだった。

彼も思い出したのだろう。愉快そうに笑いながら、

「それだけじゃ甘いな。思いきり蹴り飛ばしてやらないと」

「まあ！」

アランに襲われたとき、実際にマーリンは彼を蹴り飛ばしてしまった。

「そこに、拳銃を持って飛び込んでくるような男がいれば……娘の結婚相手に認めてやらないこともない。だが、真っ先に飛び込むのはこの私だろうな」

ハインツは自信満々な顔をしているが……。

まだ産まれてもいない、できてすらいない娘の心配までしているのだ。それも襲われたときではなく、求婚者が現れたときの……。

「はいはい、わかりました。でも、娘の求婚者に銃口を向けないでくださいませね。異国の薬を使ったり、強行突破をたくらんだりする輩《やから》でない限りは」

マーリンの言葉にハインツは目を見開いた。

「ああ、そう言えば、思い出した」

「何をでございますか？」

ハインツからエリクを受け取りあやしながら、マーリンはニッコリと微笑む。

すると、エリクのほうも嬉しそうに笑った。その笑顔がハインツそっくりで、思わず頬ずりしてしまいたくなる。

「強行突破で思い出したんだ。ほら、グスタフだよ。私に君を奪われたのがよほど悔しかったんだろうな。あのあとすぐ、十六になったばかりの男爵令嬢と結婚する、と言い出しただろう？」

「ええ、王弟殿下のことでしたら覚えております。たしか、一度決まった結婚式は取りやめになったはずでは？」

王太子が決まった以上、グスタフが結婚する理由はなくなった。

(ご事情はあるのかもしれないけれど、十六歳の娘さんにとっては破談になってよかったのではないかしら)

安堵したせいか、それ以降、全く思い出すこともなかった。

だが、もともとが若い娘好きのグスタフのこと。どこで気持ちが変わって『やはり結婚する』と言い出しても不思議ではない。

だが、ハインツが口にしたのは全く逆のことだった。

「グスタフは王弟ということもあり、大臣と同じ地位の王室顧問を務めていただろう？でもその役目を降りると言い出したんだ。健康に不安が生じたという話だが——」

十六歳の男爵令嬢を娶ることになり、グスタフは張り切ったらしい。

だが、寄る年波には勝てない。とくに衰え気味の男性自身をどうにか復活させる必要があった。そして彼が使った手段が……。

「異国の薬、ですか？」

アランといい、グスタフといい、男性というのは、どうしてこう同じことを考えるのだろう？

マーリンは呆れてものも言えない。

「君が飲まされたものとはわけが違うぞ。男に強い精力を与える薬だ。しかも効き目が早い上に、持続性もある」

「ハインツ様……よく、ご存じですね」

熱弁を奮うハインツの姿を見て、感心して言ってしまっただけなのだが、彼は真っ赤になって反論してきた。

「わ、私は違うぞ！　たしかに、人並み以上の自覚はあるが……。だが、薬を使ってまで回数を増やすような、そんな卑怯な真似はしてない!!」

「も、もちろんですわ。わたくしは、ハインツ様を信じておりますもの」

マーリンはびっくりして答えた。

求められるままに応じてきたのだが、それが『人並み以上』と知り、なぜかドキドキしてくる。

「ああ、いや、私のほうこそすまない。それで、グスタフだが。強過ぎる薬を使ったせいか、肝心なものがダメになったんだそうだ」

「ダメって……あの……〝あちら〟のほうでしょうか？」

「そう、〝そちら〟のほうだ」

気の毒と言えばいいのか、自業自得と言えばいいのか。

とにかく、ダメになってしまったグスタフは意気消沈《いきしょうちん》して、一気に十歳くらい老け込んでしまったらしい。

「立太子式に出られそうにないと昨日連絡を受けたんだ。父上と一緒に会いに行ってきたんだが……見る影もなかったな」

異国の薬が男性機能に悪影響を及ぼした、という一件は、結婚式を取りやめたときの調査でわかったという。

だが、まさかそのせいで突き出た腹がなくなり、ベッドの上で身体を起こすのがやっとなまで衰えてしまうとは誰も思わない。

「まあ、それはお気の毒なこと。今日の式典と一連の祝賀《しゅくが》行事が終わったら、わたくしもお見舞いに連れて行ってくださいませ」

「君自身が行く必要はないさ。代理をやればいい。なんといっても、君をバルコニーまで追い込んだ男なんだ」

同情は無用とばかりのハインツに、マーリンはため息をついて答えた。

「わたくしを騙して追い込んだのは、王弟殿下ではなくトビアス叔父様です」

一年前、ハインツと結婚した直後にトビアスの嘘が判明した。

マーリンの父は自分に何かあったときのことを考え、娘のために信託《しんたく》財産を残しておいてくれたのだ。それは公爵家の財産とは別で、父が自由にできる現金のすべて——まさしく莫大な金額だった。

それを相続できる条件は、マーリンが結婚するか、満二十五歳になるかのどちらか。それまでは後見人のトビアスに、信託財産の管理は委ねられることになっていた。

リンデル公爵の爵位はもちろんのこと、代々引き継がれる領地、建物、貴金属に美術品など、それらすべてをトビアスが相続した。だが、その中には換金できるものはほとんどなかったのだ。

いつだったか父が言っていた。

『貴族とは、先祖が王から託された領地の管理人にすぎない。生きている間はしっかりと守り続け、そして過不足なく子孫に引き継いでいく。土地や領民を豊かにする義務はあるが、勝手に増やしたり減らしたりしてはいけないものなんだ』

もちろん、公爵領からの収入は公爵のものだ。それをどんなふうに使っても、新公爵となったトビアスの自由と言える。

だが、そういった収入はいつでも得られるものではない。しかしトビアスは、すぐにでもお金を必要としていたのである。

その結果、彼は後見人という立場を利用してマーリンの信託財産に手をつけた。

グスタフが引き際に言った『わしと貴様の間で交わした約束』とは、マーリンがグスタフと結婚した場合、彼女が受け取る信託財産は夫の権利でトビアスと折半《せっぱん》にする、というものだった。

しかし、トビアスの思惑に反して、マーリンの夫になったのはハインツ。

悪事はすべて白日の下に晒され、トビアスが横領罪《おうりよう》で収監されるのも時間の問題と思われた。

「でも、君は助けた。身ぐるみ剝いで、叩き出してやればよかったものを」

トビアスが使い込んだ金額はマーリンが貸し付けたことにして、彼は収監を免れ、今もリンデル公爵の地位にいる。

さすがに社交界では面目を失い、貴族院議長の椅子は他の人間に譲ることになった。さらにはハインツが監視の者を送り込み、今は銅貨一枚自由にならない身だ。しかし、監獄に繋がれることを思えば楽園だろう。

「血の繋がった叔父なのです。彼が息子たちに、充分な教育を与えてやりたかった気持ちもわかりますし……。わたくしにとっては従弟《いとこ》たちです。父や母が生きておられたら『許してあげなさい』と言われると思って」

ニコニコしながらドレスのリボンを引っ張っていたエリクだが、リボンの先をしゃぶりながら、ウトウトし始める。

「じゃあ、もちろん私のことも許してくれるだろう？　悪気のない嘘だったんだ」

その瞬間、ハインツが口にしたひとつの嘘を思い出した。

マーリンの表情はたちまち険しくなる。

「それとこれとは別です！　わたくし、なんにも知らずに、乗馬中の国王様に失礼なことを申し上げてしまって……」

二週間ほど前、マーリンはエリクを抱いて王宮の裏庭を散策していた。するとそこに国王が馬に乗り、しかも王妃を同乗して駆けてきたのだ。

マーリンは国王の身を案じ――どうぞ、あまり心臓の負担にならないよう、ご無理はなさらないでくださいませ――そんな言葉をかけてしまう。

するると王妃は、さも愉快そうに笑い始めた。

『陛下は肌の色が白くていらっしゃるから。日焼けされてもすぐに戻ってしまうのですよ。風邪もひかれたことのないお元気な方だから、心配しなくても、〝新婚〟のハインツの仕事を増やしたりはしませんよ』

ところかまわず仲よくしている新婚夫婦の噂を耳にされたのか、〝新婚〟に力を込めて言われ、マーリンは身の置き所がなかった。

当然、ハインツに詰め寄ったが、『言ってなかったか?』『謝るから、そう怒るな』で済まされてしまい……。

あとはベッドに押し倒され、体よく、ごまかされてしまったのだった。

「あのときは必死だったんだ。それに『心臓が悪い』とは言わなかったぞ」

「わたくしが誤解していることはご存じだったはずです。そもそも、誤解させるためにあんなふうにおっしゃったのでしょう? 一年ですよ。話す時間はいくらでもあったはずです! それを、黙ったままでいるなんて……」

「本当に忘れてたんだ。君に愛を告白したときに、全部話したつもりだった」

エリクをベビーベッドに寝かせ、マーリンはほどけそうになったリボンを直そうと摑んだ。

「そんな……大切なことなのに、忘れるなんて」

「君を抱くのに夢中だった。覚えてるだろう? 半日ほどぶっ続けで求め合った日のことを。エリクを授かったのはきっとあのときだろうな」

「ハ、ハインツ……さ、ま」

彼の腕が腰に回り、ごく自然に唇が重なった。

ハインツからはやはり甘い香りがする。ほとんどヴェランダルに戻ることはなくなったのに、それでも肌に染みついているようだ。

「愛してるよ、マーリン。一年前より、エリクを授かる前より、もっと愛してる。この先、愛は増える一方なんだろうな」

「わたくしも、一生あなたを愛し続けます」

とび色の瞳がこちらを見下ろしている。

（ふたり目はハインツ様と同じ、とび色の瞳だといいのに……）

マーリンがうっとりしてみつめていると、

「次は君と同じ、楚々として品のある銀髪の娘が欲しいな。もちろん、息子でも一向にかまわない」

同じような思いを抱いていたことに、胸がときめいた。

ふたりの唇がふたたび重なりかけたとき――。

コンコンコンと扉がノックされ、

「あの……陛下と王妃様がお見えになっておられますが……開けてもよろしいでしょう

か？」

アンの声だった。

この一年で、彼女はずいぶん学習したと褒めるべきだろう。

「父上たちが？　大聖堂に向かうには、まだ早いと思うんだが」

ハインツの呟きにマーリンは我に返る。

そう言えば、国王夫妻が顔を見たいとおっしゃったのでエリクを連れに来たはずだった。

それが、ハインツの顔を見るなり、すっかり忘れてしまうなんて。

マーリンは可笑《おか》しくなり、口元を綻《ほころ》ばせる。

王宮はいつまでも、幸福の甘い香りに包まれていた――。

～fin～

あとがき

はじめまして＆こんにちは、御堂志生《みどうしき》です。本作をお手に取って頂き、どうもありがとうございます。ティアラ文庫様で二冊目を書かせて頂けました。感無量ですっ!!

プロットを提出する時に仮タイトルをつけるのですが、お茶目でつけたのが「子作り大作戦！」（笑）王族の後継者問題って大変そうじゃないですか？　だったら、最初から後継ぎがいたらＯＫなんじゃ、と…その結果、国家安泰のために子供を作ろう！　というヒーローが出来上がってしまいました。えーとにかく、先に作ったもん勝ち（↑オイッ）、みたいな王室法があるので、それを口実に正々堂々と…頑張っていたしております！

イラストは諸祖父《もろぞふ》先生に描いて頂きました。衣装もとっても丁寧で、しかもマーリンがメチャクチャ愛らしい～。ハインツの萌える気持ちがよく判る！　そのハインツも私好みの逞しいガタイをしておりまして…ツボですね！　先生、ありがとうございました!!

応援してくれる読者様（きっといるはず！）、何かあったら励ましてくれるお友達（い、いるよね？）、いつも優しい言葉をかけて頂き、ここまで引っ張って下さった担当様と関係者の皆様、あと、かけがえのない家族に…どうもありがとうございます。

そしてこの本を手に取って下さった〝あなた〟に、心からの感謝を込めて。

またどこかでお目に掛かれますように——。

御堂志生

絶《ぜつ》倫《りん》王《おう》子《じ》と婚《こん》約《やく》者《しゃ》

ティアラ文庫をお買いあげいただき、ありがとうございます。
この作品を読んでのご意見・ご感想をお待ちしております。

✦ ファンレターの宛先 ✦
〒102-0072　東京都千代田区飯田橋3-3-1
プランタン出版　ティアラ文庫編集部気付
御堂志生先生係／諸祖父先生係

ティアラ文庫WEBサイト
http://www.tiarabunko.jp/

著者——御堂志生（みどう しき）
挿絵——諸祖父（もろぞふ）
発行——プランタン出版
発売——フランス書院
〒102-0072　東京都千代田区飯田橋3-3-1
電話（営業）03-5226-5744
（編集）03-5226-5742
印刷——誠宏印刷
製本——若林製本工場

ISBN978-4-8296-6704-0 C0193